D1829388

Benjamin Stein

# Replay

**Unverkäufliches Leseexemplar**

Gebunden, Euro 17,95 [D]
Wir bitten Sie, Rezensionen nicht vor
dem 17. Januar 2012 zu veröffentlichen.
Vielen Dank für Ihr Verständnis.

Benjamin Stein

# Replay

Roman

C. H. Beck

© Benjamin Stein (2012)

© Verlag C. H. Beck oHG, München 2012 – Gesetzt aus der Dante bei Fotosatz Amann – Druck und Bindung: Pustet, Regensburg – Gedruckt auf säurefreiem, alterungsbeständigem Papier (hergestellt aus chlorfrei gebleichtem Zellstoff) – Printed in Germany – ISBN 978 3 406 63005 7

*www.beck.de*

Alle Rechte vorbehalten. Kein Teil dieses Werkes darf in irgendeiner Form ohne die ausdrückliche schriftliche Genehmigung des Verlages reproduziert oder unter Verwendung elektronischer Systeme verarbeitet, vervielfältigt oder anderweitig verbreitet werden.

»Ich war immer davon überzeugt,
dass eine transparente Gesellschaft
auch eine totalitäre Gesellschaft ist.«

*François Baroin, 2010*

*französischer Regierungssprecher*

Ich fürchte mich vor Erscheinungen, die ich nicht selbst erfunden habe. Und nun dieser Huf … Am Fußende lugt er im Dunkel unter der Bettdecke hervor. Das ist mir nicht geheuer. Ohne hinzusehen, decke ich ihn zu, lasse meinen Kopf zurück ins Kissen sinken und schließe die Augen wie ein Kind, das denkt, was es nicht sieht, ist nicht da. Das beruhigt mich. Dabei müsste ich wissen, dass es ein böses Omen ist.

Ich bin kein Narr. Eine Rose ist eine Rose ist eine Rose. So viel habe ich bei Matana gelernt. Ein Zeichen ist zunächst nichts anderes als ein Zeichen, ein Hinweis, ein Wegweiser, nicht identisch mit dem, worauf es zeigt. Das Zeichen selbst ist unschuldig. Von sich aus bedeutet es nichts, und es gibt keinen Grund, sich zu echauffieren, nur weil man es sieht.

Omen, Fügung, Schicksal … Ich weiß, wovon ich rede. Ich bin ein Spezialist für Zeichen. Jedenfalls halte ich mich dafür, denn ich habe früh begonnen, nach Zeichen zu suchen, Zeichen zu entdecken und Zeichen zu deuten.

Es begann mit Wenn-dann-Wetten: Wenn das Auto an der nächsten Straßenecke nach links abbiegt, werde ich das Eis bekommen. Fährt es nach rechts, dann nicht. Und wenn es geradeaus fährt, wartet etwas ungleich Verlockenderes auf mich. Ich muss nur Geduld haben. Und dann leuchtete gelb das Blinklicht am Heck des Wagens – rechts, und meine Hoffnungen waren begraben.

Vom Blinklicht am Auto wechselte der Blick zum Blinken am Himmel. Die Sterne würden doch sicher sprechen. Wenn ich am frühen Nachmittag aus der Schule kam, schaltete ich den Fernseher ein, zappte zum *Täglichen Horoskop* und wartete gespannt, bis mein Sternzeichen genannt und die astrologischen Aussichten bekanntgegeben wurden. Der Sendezeitpunkt hatte den Vorteil, dass die Hälfte des Tages bereits vorüber war. Bestätigte das bereits Geschehene die Astrologie, konnte das nur heißen, dass das noch nicht Eingetretene sich noch ereignen würde. Fand sich im Horoskop kein Zusammenhang mit dem Tag, wie ich ihn bis dahin erlebt hatte, stand mir gar noch alles bevor, als hätte mein Tag noch nicht einmal wirklich begonnen. Was für ein Bangen, oh, die verheißenen Freuden und Leiden und Unentschiedenheiten … Irren konnten die Sterne doch nicht.

Noch heute kann ich keine Zeitschrift aufschlagen, ohne zuerst im Inhaltsverzeichnis nach dem Horoskop zu suchen. Wenn es eines gibt, und ich bevorzuge Zeitschriften, die auf eine solche Rubrik nicht verzichten, kann ich nicht anders, als umgehend diese Seite aufzuschlagen und mich unterrichten zu lassen, was zu erwarten steht. Geld, Job, Liebe, all die Möglichkeiten, gelegentlich sogar, wenn die Zeitschrift etwas taugt, grafisch aufbereitet in Form von seichten Wellenlinien, Phasen der Ruhe, Höhenflüge, und selbst aus den Mustern der sich umschlingenden Linien, aus den Schnitt- und Umkehrpunkten der Kurven lässt sich noch lernen, wohin der nächste Moment sich neigen mag.

Ein wenig später kamen die Zahlen, ein Universum für sich, unendliche Räume, Sonnen, Planeten und Leere, Himmel und Erde, und inmitten all dessen ein ununterbrochenes

Raunen. Jede Zahl hatte mir etwas zu sagen, oft in Gestalt eines Rätsels, mitunter jedoch auch ganz unverschlüsselt. Man musste sich üben im Erlauschen der Botschaften. Nicht immer gaben die Zahlen ihre Nachricht ohne Knobeln preis.

Von Beginn an stachen bestimmte Zahlen heraus, Primzahlen etwa, das waren meine ersten Übungen. Nach ihnen zu suchen, war wie ein Jagen nach dem unteilbaren Kern der Dinge. Sie kamen mir vor wie ein geheimes, seinerseits unendliches Alphabet, aus dem sich Worte und Botschaften zusammensetzten.

Initiiert, so kann man es wohl nennen, wurde ich während meines Bar-Mizwa-Unterrichts. Meine Eltern hatten mit Religion nichts am Hut, und so hatte ich vom Religiösen so gut wie keine Ahnung. Gott und seine Gesetze waren mir gleichgültig. Bar Mitzwa aber musste sein, schon wegen der Party und der Geschenke. Mein Vater könnte zeigen, was wir hatten, eine große Show mit hunderten Gästen. Der Unterricht war nicht mehr als die Zugangsvoraussetzung dafür, das Eintrittsbillett zur Party und zum Geschenkesegen. Also musste ich einige Monate lang zweimal die Woche zur Religionsstunde gehen.

Mein Lehrer war ein mürrischer Alter, der beim Reden spuckte und dessen Mundgeruch mir Übelkeit bereitete. Keine Ahnung, was mit seinen Innereien los war. Aus seinen Ohren wuchsen graue Büschel borstiger Haare, und ich konnte, wenn ich ihm gegenübersaß, nicht anders, als sie anzustarren mit einem Gefühl zwischen Ekel und Faszination. Religion, dachte ich, stinkt also und sprießt einem stachlig aus den Ohren.

Schon nach den ersten beiden Besuchen ersehnte ich den Partytag umso mehr, weil er das Ende dieses Martyriums bedeuten würde. Ich käme aus der Gefahrenzone, müsste nicht mehr jeden Abend panisch im Spiegel meine Ohren untersuchen und im Beisein anderer nicht mehr wie zwanghaft meinen Mund geschlossen halten oder durch die Zähne murmeln aus Angst, der Religionsgeruch würde auch mir schon aus den Innereien aufsteigen.

Nein, ich war wirklich kein Fan dieser Unterweisung in Gottesdingen. Das änderte sich allerdings, als mein Lehrer mir eröffnete, dass die hebräischen Buchstaben, die ich lustlos unter Mühen unterscheiden und lesen gelernt hatte, auch Zahlenwerte besaßen, so dass ich also, wenn ich eines dieser hebräischen Bücher mit mindestens sieben Siegeln vor mir hatte, eigentlich auf gigantische Kolonnen von Ganzzahlen starrte. Die Buchstaben eines Wortes ließen sich addieren, und so konnte man verborgene Nachrichten aufspüren, indem man nach Worten suchte, die zwar ganz unterschiedliche Dinge bezeichnen mochten, durch die Übereinstimmung ihrer Zahlenwerte aber darauf hinzudeuten schienen, dass eine Verbindung bestand zwischen ihnen, eine verborgene Verwandtschaft in der Bedeutung, die nur entdeckt werden musste und die, da war ich mir sicher, eine Botschaft enthielt.

Gematria, sagte mein Lehrer, hätten die Mystiker diese Kunst genannt, und da er mit dieser Geheimwissenschaft endlich meine Neugier hatte wecken können, erzählte er mir mehr davon. So ging ich fortan immerhin einige Male mit gespannter Freude zu unseren Treffen.

Mein Lehrer besaß ein zerfleddertes Büchlein, in dem

für die Zahlen von 1 bis 200 je ein Dutzend Wörter aufgelistet waren, die den entsprechenden Zahlenwert besaßen. Das Büchlein lag eigens für mich parat, wenn ich kam. Wahrscheinlich war es ein Trick. Die hebräischen Wörter nämlich waren nicht übersetzt. Wenn ich Vergleiche anstellen wollte, musste ich die Vokabeln zunächst in einem dicken Wörterbuch suchen, das ebenso in Reichweite platziert war. So lernte ich freilich das Alphabet, und ich prägte mir auch eine Menge Vokabeln ein. Das erfüllte meinen Lehrer mit Zufriedenheit. Es war ihm anscheinend egal, aus welchem Antrieb heraus ich lernte, solange ich es nur überhaupt tat.

Zunächst suchte ich die Vokabeln heraus, deren Buchstabenwerte sich zu Zahlen addierten, zu denen ich mich instinktiv hingezogen fühlte, ohne dass ich hätte sagen können, warum ich sie für besonders hielt. Die 11 und die 22 gehörten dazu, aber auch die 123, eine Zahl, die ich, auf einem Zettel notiert, immer in der Hosentasche trug. Auf 123 passten die Worte *chanina* und *oneg* – Gnade und Genuss; aber auch *milchamah* – Krieg – ergab diese Zahl. Die 11 stand für *tov* – gut, aber ebenso für *oj*, einen Klagelaut, der auch Insel bedeuten konnte. Das poetische Wort *hagag*, das den Klang des Herzschlags bezeichnet und gleichzeitig wispern bedeutet, ergab per Gematria ebenfalls 11. Und schließlich die 22: Güte und Segen, Freude und Verbundenheit, aber auch Dornbusch, Opfer und – zerstören.

Halbe Tage und Nächte konnte ich über die Beziehungen zwischen den Wörtern nachgrübeln. Sie mochten sich ergänzen, ihre Bedeutungen in einer lediglich nicht offensichtlichen Art korrespondieren. Womöglich wies der gleiche Zahlenwert bei Wortpaaren, die scheinbar ganz Gegensätzliches bezeichneten, darauf hin, dass ein Teil des einen auch immer in seinem Gegenteil zu finden, ja ohne sein Gegenteil womöglich gar nicht zu denken war. Überhaupt: Korrespondenzen! Das war es doch, was ich mit Zeichen, Buchstaben und Zahlen und dem eifrigen Verfolgen der Sternen- und Planetenkonstellationen betrieb: Korrespondenzen belauschen, den Austausch von Nachrichten, von Wissen. Ich hoffte, auf die eine oder andere Art eines Tages nicht mehr nur Lauschposten zu sein, sondern teilnehmen zu können an dieser Kommunikation der großen Geheimnisse, die etwas Magisches hatte. Wie ich das bewerkstelligen sollte, wusste ich freilich nicht. Ich wusste ja nicht einmal, wer da mit wem korrespondierte und mit wem ich also in Kontakt hätte treten wollen.

Hätte mein Vater einen anderen Lehrer für meinen Bar-Mizwa-Unterricht engagiert, wäre ich womöglich religiös geworden, denn was lag näher, als im Absender der codierten Nachrichten, die Auskunft über Vergangenheit, Gegenwart und Zukunft zu enthalten versprachen, Gott zu vermuten? Mein Leben wäre mit Sicherheit anders verlaufen, hätte mein Lehrer meine Vorstellung von Gott nicht mit Ängsten vergiftet, zunächst der trivialen Angst vor Mundgeruch und hässlichen, aus den Ohren sprießenden Borsten und schließlich einer ganz handfesten Angst. Als ich nämlich durch meinen Eifer beim Erlernen der hebräischen Vokabeln plötzlich doch Hoffnung in meinem Lehrer geweckt hatte, aus mir könnte noch einmal ein Wissender werden, wie er es nannte, da verdarb er mit einer Geschichte, die er selbst vielleicht gar nicht so wichtig nahm, für immer alles Religiöse für mich.

Auf dem Weg in die künftige Welt, dozierte er – und damit meinte er eine Welt jenseits der unseren – nach unserem Tod also müssten wir einen langen Weg durch eine Region zurücklegen, die Sheol genannt wird. Eine Prüfung sei diese Reise, auf der wir Rechenschaft ablegen müssten über unser irdisches Leben wie vor einem Gericht. Und im Sheol, fuhr er fort, würden uns keine Lügen helfen. Jedes Detail über unser Leben sei dort offenbar. Wir würden zwar unseren irdischen Körper abgelegt haben, dafür aber in einer Art Geistkörper wandeln, und an jenen Körperteilen, mit denen wir in der hiesigen Welt gesündigt hätten, würden wir dort untrügliche Zeichen tragen, die unsere Vergehen offenbarten: Verkrüppelungen oder Verkümmerungen. Eine winzige Hand beispielsweise, weil unsere Hände im Leben den Bedürftigen nicht hatten geben wollen. Oder riesige Ohren, weil wir zu Lebzeiten auf Klatsch und Tratsch und jede Art übler Nachrede begierig gelauscht hatten. Auch könnte es sein, dass wir uns im Sheol mit nur einem Auge wiederfänden, weil wir in dieser Welt ein Auge verschlossen hatten vor den göttlichen Wahrheiten oder weil wir – nicht weniger schlimm – unseren Blick an die Nichtigkeiten des schönen Scheins geheftet hatten. Was genau und in Gänze darunter zu verstehen sein mochte, überließ er meiner pubertären Phantasie. Die aber kam nicht zum Zuge, denn ich war, nachdem ich das alles gehört hatte, einfach nur wütend.

Mit diesen Ausführungen hatte er mich sofort und für immer für die Sache Gottes verloren. Er muss blind oder dumm gewesen sein oder – herzlos. Vielleicht war es auch eine Mischung aus alldem. Anders konnte ich es mir nicht erklären. Ein Blick in mein Gesicht hätte ihm genügt haben müssen, um zu wissen, dass er mich mit seiner Sheol-Vision verschonen musste oder doch zumindest mit den Details über die versehrten Geistkörper der zu prüfenden Seelen. Die Muskeln, die mein rechtes Auge bewegen sollten, verweigern seit meiner Geburt den Dienst, und so steht dieses Auge unbeweglich im äußersten rechten Augenwinkel und starrt nahezu blind ins Leere. Ein Kainsmal, habe ich damals gedacht, könnte nicht schlimmer sein. Ein Gutteil meiner Kindheit habe ich bei Augenärzten und in Kliniken verbracht, in denen meine Eltern anerkannte und selbsternannte Stars der Augenheilkunde an mir operieren ließen. Erfolg hatten sie nicht. Als Folge der Operationen entstellte nun aber zusätzlich noch eine Narbe das Auge, und ich verlor die Gewalt über das Augenlid. Ich konnte es schließen. Es zu öffnen war aber schwer. Mal gelang es, mal nicht, als könnte ich nur bitten und wäre auf die Gnade von Nerven und Muskeln angewiesen, ob sie meinem Wunsch wohl stattgeben würden.

Es muss grotesk erscheinen, wenn ich heute so davon rede. Aber als Kind und als Pubertierender, zu der Zeit also, als mein Bar-Mizwa-Lehrer mir seine Sheol-Geschichte zumutete, bestimmte diese eigentlich doch kleine Behinderung mein Leben. Ich war fest davon überzeugt, dass meine Mutter mich nie gern hatte ansehen wollen, weil ich nicht das schöne Kind geworden war, dass sie sich so sehnlich gewünscht hatte. Ich selbst mochte mich nicht ansehen, und auch den Mädchen meines Alters, denen ich damals schon mit begierigen Blicken folgte, mutmaßte ich, konnte es nicht anders ergehen. Ich musste mit den Blicken der Neugier vorlieb nehmen. Die Blicke des Wohlgefallens und gar des Begehrens waren anderen vorbehalten.

Es nützte nichts, wenn man mir versicherte, andere seien doch viel schlimmer dran. Das mochte stimmen, doch die Leiden anderer waren nicht meine Leiden. Sie mochten das Gift sein, das *ihnen* die Tage vergällte. Mein Gift war mein eigenes Los, das Gefühl von Hässlichkeit, die Erfahrung der grausamen Unduldsamkeit anderer Kinder und Erwachsener gegenüber allem, das anders war, das aus der Norm des Symmetrischen und Ebenmäßigen fiel, aus der Norm des Erwarteten und Erwartbaren.

Mitunter hielt man mich für schwachsinnig und behandelte mich auch so – wegen eines kleinen Makels, einem aufsässigen und geschundenen Auge, das nicht so wollte wie ich selbst und wie die Welt um mich herum. Und diese Behandlung machte mich wütend. Ich war ein Bündel von Wut und Aggression. Und die Angst, niemals geliebt zu werden, überschattete alles, jede Freude des Alltags, jeden Erfolg auf dem Weg des Erwachsenwerdens. Gerechtigkeit kannte ich nicht, und ich kannte kein Maß. Ich erwartete Lieblosigkeit und Verletzungen, und wenn man mir liebevoll begegnete, hielt ich es für Schauspielerei.

Wenn ich heute in den Spiegel schaue, verstört mich nicht mehr, was ich sehe, sondern nur noch, woran ich mich erinnere. Grotesk scheint mir heute, wie sehr ich mich selbst verletzte und ausschloss durch meine Erwartungen an die Reaktionen und Empfindungen anderer. Grotesk. Aber lassen wir das.

Als nun aber mein Lehrer, der doch gehofft hatte, mich

für Gott zu gewinnen, mir mit dieser Geschichte der versehrten Geistkörper kam, hatte er ausgespielt. Ging es nach mir, lebte ich, solange ich denken konnte, in diesem Zustand, den er als Vorhölle bezeichnete, in diesem Raum der permanenten Prüfung, in dem man die Schmach der Sünden eines ganzen Lebens offen zur Schau trug. Meine Schande stand mir ins Gesicht geschrieben. In *dieser* Welt. Was hätte ich noch auf seine Sheol-Warnungen geben sollen?

All die Wut, die sich in mir aufgestaut hatte, drängte zum Ausbruch, und da ich mir nicht erlauben konnte, sie ihm gegenüber zu zeigen, lenkte ich meinen Zorn auf das, was er Gott nannte. Ich verwarf diesen Gott ohne Zögern. Ich goss meine Wut über die Vorstellung von ihm aus. Und die Geschichten, die mein Lehrer mir erzählt hatte und noch erzählen würde, wanderten in die Abgründe meines Gedächtnisses, ins Sheol meiner Erinnerung, hinab, hinfort, aus dem Sinn, aus meinem Leben. Nichts, aber auch gar nichts wollte ich mit solchen Geschichten und ihren Urhebern zu tun haben.

Matana mit seinem enzyklopädischen Wissen zitiert gern große Männer, Thomas Kardinal Wolsey etwa: *Sei sehr, sehr vorsichtig, was du in deinen Kopf hinein lässt, denn du wirst es nie und nimmer wieder heraus bekommen.* Und damit haben beide recht, Wolsey, der es sagte, und Matana, der es sich nicht entgehen lässt, mich gelegentlich daran zu erinnern. Wie sehr ich mich im Laufe der Jahre auch gesträubt haben mag gegen die Sheol-Geschichte meines Bar-Mizwa-Lehrers, ich werde sie doch nicht los. Allen inneren Widerständen zum Trotz spukt sie mir beharrlich im Kopf umher, und es gibt Augenblicke, in denen mich Zweifel beschleichen und ich annehme, es könnte am Ende doch etwas Wahres daran sein. Eben zum Beispiel, als ich schlaftrunken ins Dunkel blinzelte und den Huf entdeckte.

Ausgerechnet ein Huf!

Es wird Zeit, dass ich die Augen öffne und mich vergewissere. Befinde ich mich womöglich in der künftigen Welt? Bin ich im Schlaf ins Sheol entglitten? Dann wäre mein Erwachen gar kein Erwachen gewesen, sondern fühlte sich lediglich so an, eine Irreführung, und der Huf, zu dem sicher noch ein zweiter gehört, wäre die mir zugedachte Strafe für die Dauer meiner Existenz in diesem Zwischenreich.

Abwegig wäre das nicht. Denn Wohlbefinden steigt bei mir von den Füßen auf. Sie mir zu nehmen und durch Hufe zu ersetzen, wäre definitiv eine Strafe, eine schmerzliche und perfide, denn wenn es etwas gibt, das ich an mir liebe, dann sind es meine Füße. Oder sollte ich in der Vergangenheit denken: liebte?

Es hat lange gedauert, bis ich entdeckte, dass eine halbstündige Fußmassage mich zu entspannen vermag wie eine ganze Woche Urlaub unter der Sonne. Bis dahin hatte ich meinen Körper bestenfalls ignoriert, wenn nicht gar vernachlässigt. Es ist mir nie in den Sinn gekommen, dass ich schön sein könnte, und also auch nicht, dass es etwas in dieser Richtung zu lieben, zu pflegen und zu bewahren gäbe. Meine Frisuren waren nie à la mode, meine Kleidung ebenso wenig. Ich achtete nicht darauf, wie ich überhaupt wenig auf mich achtete, auf Äußerliches jedenfalls, Körperliches. Was mir etwas bedeutete, spielte sich inwendig ab, war nicht von Verschleiß bedroht und nicht von Moden oder dem Urteil anderer abhängig. Jedenfalls gefiel es mir, es so zu behaupten.

Es gibt kein einziges Foto von mir aus dieser Zeit, von dem ich wüsste. Ich habe sie alle vernichtet. Das ist zehn Jahre her. Damals hatte ich mich bei einer aufstrebenden Firma im Silicon Valley als Entwickler beworben – aus Understatement, das gut und gern als Arroganz ausgelegt werden konnte. Immerhin hatte ich in Harvard am *Center for Biomedical Informatics* promoviert und war ausgewiesener Spezialist für komplexe Softwaresysteme, die versuchten, eine Brücke zu schlagen zwischen organischem Nervengewebe und anorganischen, nervenähnlich arbeitenden Systemen – in Maschinen, in Computern. Dass ich mich für eine Stelle als Codierknecht – nichts anderes war es – beworben hatte, musste auf Unverständnis stoßen und Verdacht wecken; und wahrscheinlich war genau dies der Grund, weshalb der Gründer und Chef besagter Firma persönlich das Vorstellungsgespräch mit mir führen wollte. Das erfuhr ich vom Pförtner, als ich mich anmeldete. Ich wurde von einer Praktikantin am Tor abgeholt und zum Vorzimmer des Chefs eskortiert. Ich brauchte nicht zu warten. Kaum war ich dort, öffnete sich die Tür des Vorstandsbüros, und ein Mann trat ein, dessen Erscheinung mich so irritierte und zugleich faszinierte, dass ich fürchtete, ich würde bei diesem Interview kein Wort über die Lippen bringen.

Jener Mann, der mit freudiger Neugier auf mich zukam, erschien mir zunächst wie eine Karikatur, eine erbarmungslose Überzeichnung. Er war mit einem Körper geschlagen, an dem nichts zusammenpasste. Er musste als Kind unter Polio gelitten haben. Für jemanden seiner Generation, er war vielleicht zwanzig Jahre älter als ich, war das sehr ungewöhnlich. Sein linkes Bein war deutlich verkürzt und steif, ebenso sein linker Arm und seine linke Hand, die Hand eines Kindes, die er allerdings leicht und sogar anmutig zu bewegen verstand und mit der er mich einladend in sein Büro winkte. Er trug orthopädische Schuhe, deren unterschiedlich dicke Sohlen die Diskrepanz seines Wuchses ausglichen. In der Rechten hielt er einen schwarzen Gehstock mit silbernem Griff, der, wie ich später bemerkte, einen Kolibri darstellte. Als er sich umdrehte, sah ich, dass auch sein Rücken verformt war. Ein deutlicher Buckel zeichnete sich zwischen seinen Schulterblättern ab. Ich zögerte, ihm zu folgen, und er bemerkte es, drehte sich um, winkte noch einmal, lächelte und sagte in völlig unbeschwertem Ton: Kommen Sie, man gewöhnt sich daran.

Zutiefst beschämt, da er mein Taxieren, das ich selbst von anderen nur zu gut kannte und hasste, bemerkt hatte und dennoch mit einer Leichtigkeit darüber hinwegging, zu der ich selbst nie in der Lage gewesen war, folgte ich ihm. Dank seiner Schuhe und des Stocks ging er flüssig und aufrecht, beinahe energisch. Er steuerte auf eine Sitzgruppe im Eck seines Büros zu, bat mich, die Tür zu schließen und mich zu ihm zu setzen. Er zog eine goldene Savonette-Taschenuhr aus der Westentasche, ließ den Deckel aufspringen und verkündete nach einem vergewissernden Blick, dass wir leider nur zwanzig Minuten hätten.

Dieses Mal, sagte er. Und er lächelte erneut unbefangen und gewinnend und setzte sich.

Als er den Deckel der Uhr schloss, rieb er kurz mit dem Daumen über das erhaben auf dem Deckel prangende Bild einer Nymphe. Seine Nägel waren perfekt manikürt und poliert. Mir fiel auf, dass seine Schuhe trotz der unterschiedlich hohen Sohlen ausgesucht elegant wirkten und wie nagelneu oder doch penibel gepflegt. Auch der Anzug musste maßgeschneidert sein, denn dem verformten Körper zum Trotz saß er perfekt. Um es kurz zu machen: Ich hatte einen Mann vor mir, der vermutlich nicht leicht an seinem körperlichen Los trug, dies aber mit Würde und zumindest scheinbarer Unbeschwertheit tat. Es kam mir vor, als hätte er seinem geschundenen Körper durch Zuwendung, schöne Kleidung und Accessoires eine Hülle geschaffen, die alle Unebenmäßigkeit und Beschwerlichkeit ausglich. Was für ein trotziges Statement, sich auf einen Gehstock mit Kolibri-Griff zu stützen! Welch Selbstverständnis, eine Nymphe zu liebkosen, wann immer man sich vergewissert hat, dass und wie viel Zeit vergangen war!

Unser Gespräch dauerte nicht einmal die angekündigten zwanzig Minuten. Er ließ mich wissen, dass er meine bisherigen wissenschaftlichen Arbeiten aufs Genaueste verfolgt habe und dass es ein Akt beispielloser Arroganz sei, mich als Entwickler bei ihm zu bewerben. Ich hätte, sagte er, genau zwei Möglichkeiten: ab sofort ein Team seiner Forschungsabteilung zu leiten oder aber augenblicklich zu verschwinden und ihm nie wieder unter die Augen zu treten.

Das war meine erste Begegnung mit Professor Matana.

Ich brauchte keine Bedenkzeit. Dieser Mann, das spürte ich, würde mein Leben verändern. Vielleicht hatte er es durch seine bloße Erscheinung bereits getan, und ich wagte nicht, mir auszumalen, was ich noch alles durch ihn entdecken würde. Also reichte ich ihm die Hand und sagte: Abgemacht. Damit war er zufrieden und lächelte wieder, diesmal spitzbübisch.

Sie sind also lernfähig, sagte er: Das ist noch ein Plus. Allerdings, setzte er hinzu, gebe es eine Bedingung, über die er nicht verhandeln könne.

Und die wäre? fragte ich.

Ich bestehe darauf, sagte er, dass Sie sich vorzeigbar machen. Wenn ich mit Ihnen arbeite, muss ich mich auch mit Ihnen sehen lassen können.

Dieser Satz traf mich. Es war ja nicht irgendwer, der mir damit deutlich zu verstehen gab: Ich kann nichts mit dir anfangen, wenn du dir selbst nichts wert bist.

Zwei Wochen gab er mir Zeit. Dann sollte ich mich noch einmal vorstellen. Er wollte sich vergewissern, dass ich seine Bedingung erfüllen konnte. Und dann, meinte er, würden wir über die Details des Jobs sprechen, den er mir anbot.

Verstört willigte ich ein. Wir verabschiedeten uns, und ich verließ sein Büro wie ein begossener Pudel. Im Vorzimmer machte ich mit der Sekretärin einen neuen Termin aus. Dann schlich ich davon.

Bis zum Tor schaffte ich es noch, doch als ich auf der Straße stand, kamen mir die Tränen.

Es musste Jahre her gewesen sein, dass ich geweint hatte. Ich konnte mich nicht erinnern, wann ich zum letzten Mal einen solchen Ansturm widerstreitender Gefühle erlebt hatte, Angst, Scham, Wut und Trauer, ein nicht zu unterdrückendes Aufwallen in der Brust, das in den Hals stieg, in den Kopf und sich plötzlich entlud. Es war eine Befreiung. Dabei hätte ich nicht einmal sagen können, wovon ich befreit worden war und ob ich tatsächlich befreit worden war oder ob mir nicht vielmehr noch alles bevorstand.

Ich brauchte ein paar Minuten, um mich zu beruhigen. Dann fuhr ich nach Hause und schmiedete Pläne.

Als Erstes ging ich zum Friseur. Danach kaufte ich ein: Schuhe, zwei Anzüge, Hemden und Manschettenknöpfe, Krawatten, Socken, Unterwäsche. Ich würde noch einmal gehen müssen, die notwendigen Anschaffungen über die kommenden Monate verteilen.

Dann kam der schwierigste Part: Ich erkundigte mich bei einer ehemaligen Kommilitonin nach einem Spa. Sie empfahl mir einen Salon in meiner Nähe, und ich rief an.

La Mano Beauty Spa, antwortete mir eine sympathische Frauenstimme: Sie sprechen mit Patricia. Was kann ich für Sie tun?

Ich konnte nicht sagen, was ich eigentlich wollte. Das Angebot an Anwendungen war überwältigend, und ich hatte keine Ahnung, was sich hinter Begriffen wie Waxing und Peeling oder hinter Fango-, Ölguss- und Lavasteinbehandlungen verbarg. Ich stammelte umständlich etwas Blumiges von der Notwendigkeit einer Häutung, natürlich im übertragenen Sinne und so weiter, und dass ich es mir einfach einmal gutgehen lassen wolle. Am liebsten hätte ich sofort wieder aufgelegt. Patricia aber hörte mir geduldig zu und meinte schließlich ganz unbekümmert, als würde sie täglich in Beautydingen ahnungslose Männer beraten: Das sei gar kein Problem. Ich solle viel Zeit mitbringen, einen halben Tag mindestens, und fünfhundert Dollar etwa, und dann würde man vor Ort schon das Richtige für mich finden.

Gut, sagte ich.

Nicht wahr? meinte Patricia: Machen Sie sich keine Sorgen.

So bekam ich einen Termin für den nächsten Tag.

Zum letzten Mal trug ich meine abgewetzten Jeans, die bis dahin unvermeidlichen Sneakers und den grauen Rollkragenpulli, der seit Highschoolzeiten zu einer Art Uniform für mich geworden war. Meine neue Garderobe packte ich ein, um sie einzuweihen, nachdem ich die Häutungszeremonie durchlebt hätte, die Patricia für mich ersinnen wollte.

Ich wurde mit Kichern empfangen.

Wo ist die Schlange? fragte Patricia.

Die Mädels im Salon machten sich nicht etwa lustig über mich. Sie freuten sich vielmehr, dass jemand kam, der auf Entdeckungen aus zu sein schien und sich ganz ihrer Beratung überlassen wollte. Anrufe wie meiner schienen doch nicht zur Routine des Teams zu gehören. Ich wurde gemustert und eingehend beraten. Und gemeinsam fiel für diesen Tag die Wahl auf das vierstündige *Bride Groom Treatment*, wofür die angekündigten fünfhundert Dollar zwar nicht ganz ausreichten, das aber, wie mir die Mädels versprachen, einen neuen Menschen aus mir machen würde.

Ich begann mit einem Saunagang im hauseigenen Dampfbad. Es ging weiter mit einer Massage und einem Ganzkörper-Meersalz-Peeling. Die nächste Stunde war der

Gesichtsbehandlung gewidmet, und im Anschluss kümmerte sich Patricia um meine Füße und Peggy um meine Hände, und als ich nach fünf Stunden, die schließlich über allem vergangen waren, in meine neuen Kleider schlüpfte, hatte ich ohne jede Übertreibung das Gefühl, aus einer alten, zu eng gewordenen Haut geschlüpft zu sein und in einem neuen Körper zu leben. Er mochte sich noch etwas fremd anfühlen, doch höchstens in jener Art Fremdheit, die einen ersten Kuss so elektrisierend macht. Die Mädels begutachteten mich zufrieden, als hätten sie ein Kunstwerk vollendet. Und für wirklich nichts bis dahin und seither habe ich so gern viel Geld bezahlt wie für diesen halben Tag meines *Bride Groom Treatments*.

Die abgelegten Sachen verstaute ich in den Einkaufstüten. Auf dem Weg nach Hause warf ich sie in einen Müllcontainer. Sollte es so leicht gewesen sein, einer lieblosen Vergangenheit Adieu zu sagen?

Nein, ich fürchtete damals, so leicht könnte es nicht gewesen sein, und heute weiß ich es. Wolsey hat uns vor Gedanken gewarnt. Mit Gefühlen steht es nicht besser. Am schlimmsten ist es mit Gedanken, die aus Gefühlen aufsteigen, sich im Kopf einnisten und schließlich ins Unbewusste sinken. Sie wieder auszutreiben, ist nahezu aussichtslos.

Mein *Bride Groom Treatment* in Patricias Salon war alles andere als eine Spontanheilung, aber es gab doch einen wesentlichen Effekt, der auf Heilung hoffen ließ: Ich hatte meinen Körper wiederentdeckt und fing an, ihn zu lieben. Wie das Wohlbefinden bei den Massagen, die ich fortan jeden Monat in Patricias Salon buchte, von meinen Füßen aufstieg, begann auch diese lange Zeit ganz undenkbare Liebe bei meinen Füßen. Ich ertappte mich dabei, wie ich sie, auf dem Sofa liegend, betrachtete. Ich fand sie schön, was durchaus nicht nur an Patricias Pediküre-Künsten lag. Und dieses Gefallen ging nach und nach über in die Feststellung, dass ich es war, dem diese Füße gehörten, und schließlich in Freude und Zufriedenheit darüber, dass mein Körper aus einem Feind zu einem Verbündeten zu werden schien. Dass es ausgerechnet meine Füße waren, die mir diese Freude bescherten, hatte einen großen Vorteil: Sie waren den größten Teil des Tages versteckt, in Strümpfen und meinen neuen Schuhen, und niemand wusste um mein Geheimnis.

Es war ein langwieriger Prozess. Ich eroberte mir meinen Körper von den Füßen aus aufwärts Zentimeter um Zentimeter zurück. Wenn ich es recht bedenke, war es ein Stück nachgeholter Kindheit und ein gehöriges Stück nachgeholter Pubertät. Seit ich mich selbst sah, war ich auch für andere sichtbar geworden. Ich war endlich nicht mehr nur eine Art wandelnder Geist, dessen Namen höchstens von einem eingeweihten Zirkel Aufmerksamkeit zuteil wurde, weil er dem Autor bahnbrechender Forschungsarbeiten gehörte. Ich wurde wahrgenommen als körperliches Wesen, als ganzer Mensch, als Mann. Dieses Interesse überraschte mich, und es gefiel mir umso mehr, als es neu für mich war. Ich hatte einiges nachzuholen, und genau das tat ich auch.

Vielleicht komme ich mit diesem Gedanken der Erklärung für meinen jetzigen Zustand näher … Vorausgesetzt, es wäre etwas dran an der Sheol-Theorie und es gäbe in jenem Reich zwischen Leben und jenseitiger Welt so etwas wie exemplarische Strafen: Dann freilich hätten die Richter der Vorhölle mein persönliches Übel an der Wurzel gepackt

– an den Füßen. Das würde in die Geschichte passen: die Sheol-Schergen als Bande von Spielverderbern. Ich muss nicht ganz bei Trost sein, das auch nur für möglich zu halten.

Ich sollte einen kühlen Kopf bewahren und, statt solchen Schauervisionen nachzuhängen, ein paar grundlegende Fragen klären. Zum Beispiel die, wo ich war, bevor ich eingeschlafen bin.

Am frühen Abend war ich ausgegangen, mit Katelyn, einem fitnessbegeisterten Wirbelwind mit blondem Bob und mädchenhaftem Busen, knapp über dreißig, im interessantesten Alter. Sie arbeitet als Auditorin für *Anderson, Pinchet & Laurie*, die mit der jährlichen Buchprüfung der Firma betraut sind. Ich traf sie vor einigen Wochen im Aufzug, und da ich mich zwischen dem ersten und zwölften Stockwerk nicht entscheiden konnte, ob mich ihre Waden, die sie in einem Hauch von Strumpf unterm knielangen Bleistiftrock sehr gekonnt in Szene setzte, oder aber ihre grünen Augen mehr faszinierten, sprach ich sie an, um Gelegenheit zu bekommen, dieser Frage in Ruhe nachzugehen. Die Frage war nicht leicht zu entscheiden und verkompliziert sich ganz im Gegenteil von Date zu Date, da ich mehr und mehr Details an Katelyns Erscheinung entdecke, die mein ästhetisches Vergnügen befeuern.

Tagsüber gehen wir, wenn wir uns in der Firma begegnen, mit knappem Gruß aneinander vorbei. Wir wollen nicht den Eindruck erwecken, persönliche Verbindungen zu einem leitenden Angestellten der zu prüfenden Firma würden womöglich Katelyns unparteiische Strenge untergraben. An den Abenden unserer gelegentlichen Dates sind wir weniger scheu.

Wenn ich zu ihr komme, um sie abzuholen, hat sie ihr tägliches Workout gerade hinter sich, ist frisch geduscht und kommt mit nassem Haar im Bademantel zur Tür. Sie duftet nach allerlei Essenzen und einer, wie ich mutmaße, magischen Bodylotion, die ihre Haut so samtig macht, dass man sie versonnen streicheln muss. Ich habe nie gesehen, womit sie sich während ihrer Workouts quält – Power-Yoga, Spinning oder dergleichen. Es muss irgendetwas Extremes sein. Wenn ich frech den Gürtel ihres Bademantels löse, sie umarme und meine Hand auf ihren gestählten Hintern lege, spüre ich ein sachtes Nachvibrieren der Muskeln. Es müssen unmenschliche Anstrengungen sein, denen sie sich aussetzt, aber die Verausgabung scheint mit einer Art Endorphinbad einherzugehen, das sie trotz der Erschöpfung unfehlbar in Stimmung bringt. So kommen wir nicht viel raus. Die Zubereitung ihrer – für sie einzig akzeptablen – makrobiotischen Mahlzeiten traut sie niemand anderem zu als sich selbst, und daher isst sie generell nicht auswärts. Die Anfangszeiten der passablen Filme verpassen wir meist, und für Clubs, die erst um Mitternacht öffnen, sind wir beide nicht geschaffen.

Gestern aber waren wir kein Risiko eingegangen. Katelyn erwartete mich ausgehfertig. Sie hatte von einer Ausstellung erfahren, die sie unbedingt mit mir besuchen wollte. Gezeigt wurden Gemälde eines israelischen Malers, der sich wenige Jahre zuvor in New York niedergelassen und dessen Namen ich noch nie zuvor gehört hatte: Hayman.

Die Galerie war eine klandestine Off-Location, uptown, in einer wenig vertrauenerweckenden Nebenstraße. Die Ausstellung befand sich in einer geräumigen Wohnung im ersten Stock. Auf dem Treppenabsatz stand ein Aufpasser. Neben der Tür hing ein handgeschriebenes Hinweisschild: *Adults only*.

Katelyn grinste. Ich hatte ja keine Ahnung, wohin sie mich gelotst hatte. Wir traten ein, und Katelyn hakte sich bei mir unter, zog mich an sich und spitzte ihre Lippen in Richtung meines Ohrs.

Das wird dir gefallen, flüsterte sie vergnügt.

Gezeigt wurden in einem professionell ausgeleuchteten Raum großformatige Gemälde mit Popart-Einschlag. Ihre Oberfläche war plan wie bei Drucken, was die Bilder ein wenig wie Plakate wirken ließ. Ich vermutete, es mit Grafiken in einer mir bislang unbekannten Drucktechnik zu tun zu haben. Aber es waren tatsächlich Gemälde. *Öl auf Leinwand* stand auf den Schildchen, die winzig unter den Werken an der Wand klebten. Die Preise waren wohl zu gering kalkuliert, denn auf jedem Schild prangte ein runder roter Punkt, der das Bild als verkauft auswies.

Hayman hatte ganz offenbar eine Vorliebe für vollbusige Frauen mit smokey eyes, mindestens schulterlangem Haar, unrasierten Achseln und natürlich bewuchertem Schoß, die er durchaus ästhetisch und liebevoll in verschiedensten Posen präsentierte. Aber nicht die Frauen waren die Hauptmotive in seinen Bildern. Ausladende Schriftzüge in verschiedenen klassischen Stilen hebräischer Kalligraphie umflossen die Körper der Frauen. Unterbrochen wurden sie hier und da von geometrischen Figuren – Kreisen, Dreiecken, Sternen und Quadraten. Sie waren in Sektionen unterteilt, in die Hayman Symbole einsortiert hatte wie Bleilettern in einen Setzkasten. Ich kannte die Symbole von meinen Studien gewisser Bücher, die sich mit Mystik befassen, mit magischer Zahlen- und Buchstabenkombinatorik.

Die meisten Symbole stammten, wenn mich nicht alles täuschte, aus dem *Sefer Raziel* und standen für Engel- und Dämonennamen, aus denen Hayman überdimensionale Amulette gestaltet hatte. Zu meinem Bedauern reichten meine Hebräischkenntnisse nicht aus, um alle Schriftzüge zu entziffern, und die genaue Bedeutung der vielen Raziel-Symbole habe ich mir nie merken können. Ich verstand immerhin so viel, dass Hayman in den Frauen Engelwesen sah, die er demnach keineswegs für geschlechtslos hielt und die er in den dargestellten Situationen und Posen offenen Forderns, der Schutzbedürftigkeit, aber auch der Stärke und Angriffslust durch seine Amulette zu beschützen hoffte. Von den Bildern ging eine Art Glanz aus, ein Farbleuchten ungeheurer Intensität.

Katelyn schien sich weniger für die Gemälde zu interessieren als ich. Sie war nicht von meiner Seite gewichen, hielt mich noch immer am Arm, schien aber unruhig nach etwas zu suchen, von dem sie gehört haben musste, das sie bislang aber nicht hatte entdecken können. Sie beruhigte sich erst, als wir den zweiten Ausstellungsraum betreten hatten. Dort hing kein einziges Bild. Der Raum war lediglich eine Passage zwischen zwei einander gegenüberliegenden Türen. Durch die eine waren wir eingetreten. Die andere war mit einem schweren Vorhang aus dunkelblauem Samt verhängt, angestrahlt vom kalten, blauweißen Licht eines LED-Spots. Auf dem Vorhang prangten silbern glänzende griechische Lettern.

Αρκαδία

Arkadien, entzifferte ich.

Katelyn zog mich ungeduldig in Richtung des Vorhangs. Ich war mir nicht einmal sicher, dass die Ausstellung dort weiterging. Katelyn schon. Ohne zu zögern, schob sie den schweren Samt beiseite und bugsierte mich in den arkadischen Teil der Hayman-Ausstellung.

Der Raum hatte exakt den gleichen Grundriss wie der erste. An den Wänden hingen noch einmal so viele Bilder im Format von zwei mal zwei Metern, und auch sie trugen Haymans – das musste ich einräumen – unverwechselbare Handschrift. Aber die Motive waren andere. Die Frauen, die Hayman auf seinen Amulettgemälden als Engel hatte auftreten lassen, begegneten uns hier wieder, jedoch mit hochgestecktem Haar, rasierten Achseln und blanker Scham. Hayman hatte sich alle erdenkliche Mühe gegeben, die Details der Frauenkörper in fotorealistischer Manier wiederzugeben. Die Nacken und Achselhöhlen waren spektakulär, und ich gebe ohne Zögern zu, dass ich die erstaunlichen Variationen weiblicher Schöße mit ebenso viel ästhetischer Begeisterung wie Erregung betrachtete.

Die arkadischen Bilder Haymans unterschieden sich in noch einem anderen Punkt von denen im ersten Raum. Wenngleich offensiver in Szene gesetzt, waren die Frauen auch hier nicht das Hauptmotiv des jeweiligen Bildes. Denn es gab eine zweite Figur auf diesen Gemälden, sehr präsent und unverwechselbar.

Es handelte sich um einen Mann, aus dessen Schläfen mehrfach gewundene Widderhörner wuchsen und dessen muskulöser, unbehaarter Körper knapp unter den Leisten in stämmige, mit dichtem Fell überwucherte Oberschenkel überging. Unter rückwärts gewandten Knien endeten seine Beine in gespaltenen Hufen. Der Darstellung der beschnittenen, prall aufragenden Männlichkeit Pans hatte sich Hayman ebenso detailverliebt gewidmet wie den Schößen der Frauen. Dass der geäderte Schwanz nicht auf jedem Bild vollständig zu sehen war, lag lediglich daran, dass sich der Bocksfüßige in den meisten Szenen mit den aus Engelwesen zu Nymphen gewordenen Frauen in phantasievollen Variationen leidenschaftlich vergnügte.

Kalligraphien oder Amulette entdeckte ich auf diesen Gemälden nicht, aber wenn man dicht an die Bilder herantrat und das Gras genau betrachtete, auf dem die Paare saßen, lagen oder knieten, dann konnte man meinen, in den niedergedrückten Grashalmen noch Spuren der Buchstaben und Raziel-Symbole zu erkennen, als wälzte sich Pan mit seinen Nymphen auf den Überresten der zerstörten Amulette, deren Schutz vergeblich gewesen sein mochte, in jedem Fall aber überflüssig geworden war.

Katelyn hatte ihren Arm um meine Hüfte gelegt und sich an mich geschmiegt, als suchte sie Trost. Dabei betrachtete sie die Bilder nicht weniger versonnen als ich und wirkte alles andere als ängstlich.

Wieder am Eingang mit dem samtenen Vorhang angekommen, drehten wir uns beide noch einmal um und schauten in die Runde. Dann verließen wir Haymans Arkadien. Jedenfalls glaubten wir das. Denn der leere Raum, die Passage, durch die wir gekommen waren und in der wir uns nun doch eigentlich wieder hätten befinden sollen, hatte sich verändert.

Der LED-Spot, der zuvor den griechischen Schriftzug auf dem Vorhang angestrahlt hatte, beleuchtete nun ein einzelnes Bild auf einer frei im Raum platzierten Staffelei. Es gehörte offensichtlich zur Arkadien-Serie. Dieses aber war ein Bild im Bild: Man sah eines der Pan-Gemälde auf einer Staffelei, die gut und gern eben jene Staffelei sein mochte, die wir tatsächlich vor uns hatten. Die Nymphe, die, wie ich nicht ohne Schaudern bemerkte, Katelyn ungemein ähnlich sah, stand aber außerhalb des Bildes, hielt Pan an der Hand, sah zu ihm auf und schien ihn ermuntern zu wollen, ihr zu folgen. Und tatsächlich war er in die Knie gegangen und hatte, als müsste er lediglich eine etwas zu hoch geratene Treppenstufe überwinden, bereits einen Huf aus dem Bild gesetzt.

Mir war heiß. Bei allen deutlich spürbaren Anzeichen der Lust war es aber nicht einfach Begehren, das mich angesichts der Szene überkam. Es war vielmehr eine Welle tiefer Zuneigung zu der Nymphe, die mich hierher gebracht hatte. Das überraschte mich, als sähe unser Verhältnis ein solches Gefühl nicht vor, aber es kümmerte mich nicht. Ich schlang meine Arme um Katelyns Taille. Ich schloss die Augen, und wir umarmten einander so fest, als wollten wir uns ineinander verkriechen. Ich strich mit den Lippen über ihren Hals und tastete nach der Stelle, an der ich ihren Puls fühlen konnte. Katelyn atmete ruhig und tief. In sachten Wellen drängte ihr Bauch meinem entgegen.

Das war kein Traum. Wir lebten. Wir waren tatsächlich hier.

Ein leiser Marimbaschlag schreckte uns auf. Wir lösten uns voneinander und sahen uns um.

Die Staffelei war verschwunden, mitsamt dem Bild im Bild, der Nymphe und ihrem Pan, der aus ihm entsprungen war. Allein vor einem großen Spiegel sahen wir uns selbstverloren im Halbdunkel stehen. Wie zwei Kinder, die sich im Wald verlaufen haben, hielten wir uns an den Händen und starrten auf den Vorhang, der sich hinter uns bewegte, als wäre jemand eilig hindurchgeschlüpft.

Wieder erklang der Marimbaschlag, lauter als zuvor, und in meiner Hosentasche summte das Smartphone. Ich musste völlig abwesend gewesen sein, dass ich meinen Nachrichtenton nicht gleich beim ersten Mal erkannt hatte. Ich zog das Gerät hervor und las den Tickertext, der langsam übers Display lief: +++ *Kaution und elektronische Fußfessel: Assange verlässt das Untersuchungsgefängnis als freier Mann.* +++ *Die Zählung der Unsichtbaren: Mit Iris-Scan und Fingerabdrücken will Indien über eine Milliarde Menschen registrieren.* +++

Dann poppte eine Erinnerung auf: 20:30 Uhr – Soir fix Matana (Mittelgambit).

Da war es aus.

Assange ist frei, sagte ich.

Ach?

Katelyn ließ meine Hand los. Es war wohl nicht der passende Augenblick, um die Frage zu diskutieren, ob man jemanden, der eine elektronische Fußfessel trägt, als freien Mann bezeichnen kann. Aber wir mussten ohnehin gehen. Beinahe hatte ich vergessen, dass ich mit Matana verabredet war. Soir fix – so nannten wir die Abendstunden, für die wir uns einmal im Monat privat trafen, um Malt zu trinken und Schach zu spielen, eine Verabredung, die wir gegen jede Unbill vehement verteidigten.

Ich muss los, sagte ich: In zwanzig Minuten steht Matana vor meiner Tür.

Katelyn hatte sich wieder gefangen. Sie drängte mich in Richtung des Spiegels, hinter dem sich, was sie offenbar auch zuvor schon gewusst hatte, der Ausgang befand.

Es wurde ein flüchtiger Abschied. Ich nahm ein Taxi, trieb den Fahrer zur Eile, und als der Wagen vor meinem Haus hielt, stand Matana schon am Tor und drückte gerade auf den Klingelknopf.

Die Partie, dachte ich, würde ich verlieren, obgleich Matana, um es mir leichter zu machen, sogar Tage zuvor schon angekündigt hatte, dass er ein Mittelgambit spielen wollte. Ich war schlecht vorbereitet.

Matana ist ein Eröffnungsmeister, eine Art wandelnder Eröffnungsdatenbank. Mühelos repetiert er ohne nachzudenken die komplexesten Varianten von Anfangszügen. Ich hätte mich schlau machen müssen, aber es gab ganze Bücher allein über diese Eröffnung, und über die *Skandinavische Verteidigung mit vertauschten Farben*, bei der Matana nicht einmal einen Bauern würde opfern müssen, um kraftvoll und mit Tempo ins Spiel zu kommen, war ich bei meinen Studien nicht hinausgekommen. Dabei hing bei unseren Partien für mich alles davon ab, mich mit Würde ins Mittelspiel zu retten. In unübersichtlichen Situationen mit vielen taktischen Möglichkeiten konnte ich am ehesten eine Partie für mich entscheiden oder doch wenigstens ins Remis retten. Landeten wir erst einmal in einem figurenarmen Endspiel, war gegen Matana nichts auszurichten. Dann führte er mich vor wie einen Anfänger und würzte sich seinen Triumph noch gern mit Ankündigungen wie: Matt in drei Zügen.

Gestern allerdings wirkte er seltsam zerstreut, beinahe abwesend. Als wir uns ans Brett setzten, hatten wir noch kaum ein Wort gesprochen. Der Malt war eingeschenkt. Block und Stift lagen parat. Matana würde wie immer die Züge notieren, so dass wir die Partie im Nachhinein analysieren oder aber, sollten wir uns verplaudern und zu lange brauchen, beim nächsten Soir fix fortsetzen könnten.

Wir losten die Farben aus. Matana streckte mir überkreuz seine Fäuste entgegen. Ich tippte auf die linke, und als er sie umdrehte und öffnete, kam der weiße Bauer zum Vorschein. Der erste Zug gehörte mir.

Ich überlegte, ob ich den Damenbauern ziehen sollte, um Matanas angekündigte Eröffnungsplanungen von vornherein zu durchkreuzen. Aber es kam mir unsportlich vor, und so spielte ich *e2-e4* und erwartete den Gegenzug. Statt wie üblich ohne Nachdenken zu ziehen, zögerte Matana. Dann notierte er den Zug, setzte den Damenbauer nach *d5* und griff mich an. Ich schlug auf *d5*, doch statt zurückzuschlagen, nahm Matana den Bauernverlust erst einmal hin und zog den Springer nach *f6*.

*Skandinavisches Gambit,* kommentierte er, notierte und lehnte sich zurück.

Ich musste improvisieren. Während er offenbar mühelos eine gelernte Variation durchexerzierte, war ich bereits ins Grübeln gekommen – ein ungleiches Spiel, als würde ich joggen, während er entspannt neben mir her radelte.

Erinnerst du dich noch an unser zweites Gespräch? fragte er.

Das war typisch! Ich hätte nicht sagen können, ob er die Frage ernst gemeint oder sie nur gestellt hatte, um mich abzulenken und noch weiter aus dem Konzept zu bringen.

Und ob ich mich erinnerte! Als ich zum zweiten Mal in Matanas Büro aufgekreuzt war, hatte ich vierzehn aufregende Tage hinter mir. Ich hatte meinen Körper entdeckt und verändert und meinte, auch andere würden mich nicht wiedererkennen. Matana jedoch würdigte mein neues Aussehen mit keinem Wort. Wie bei meinem Vorstellungsgespräch kam er ohne Umschweife zur Sache. Er fragte nach meiner ersten Veröffentlichung, einer Arbeit zur Spieltheorie.

Ich hatte einen Algorithmus entwickelt, der es ermöglichte, den Spielstand einer Schachpartie in ein Array von Ganzzahlen zu codieren. Spielzüge ließen sich durch Bitmaskenoperationen abbilden, eine Art des Umgangs mit Zahlen, zu der ein menschliches Gehirn nicht in der Lage ist. Für einen Prozessor hingegen, der letztlich nur an- und abgeschaltete Bits kennt, war es der effizienteste Weg, von einer Stellung zur anderen zu gelangen. Mit wenig Aufwand ließen sich so komplexe Situationen blitzschnell bewerten. Mit einer handelsüblichen Workstation hätten wir IBMs Deep Blue Konkurrenz machen können, einem Supercomputer mit 30 Prozessoren und 480 Spezialchips, dem es seinerzeit gelungen war, den amtierenden Schachweltmeister Garry Kasparow zu schlagen.

Doch ich war auf dem Holzweg. Matana wollte mich nicht engagieren, um ein prestigeträchtiges Spielzeug zu entwickeln. Er hatte nach dieser Arbeit gefragt, um mich behutsam zum eigentlichen Fokus seiner Forschungsprojekte zu führen und mir zu erklären, warum er gerade meine Arbeiten bereits so lange mit Interesse verfolgte.

Matana war nie ein typischer Silicon-Valley-Entrepreneur gewesen. Er war spät nach Kalifornien gekommen. Die meiste Zeit seines Lebens hatte er in Chile verbracht. Dort war er aufgewachsen, dort hatte er studiert, promoviert und mehrere Jahrzehnte als Professor gelehrt. Dass er schließlich 1990 in die Staaten kam und seine Forschungen in einem Privatinstitut unter Ausschluss selbst der akademischen Öffentlichkeit fortführte, provozierte allerlei Irritationen – und Neid. Über Matanas Geschicklichkeit bei der Finanzierung seiner Forschungen kursierten schon bald diverse Gerüchte. Das Unternehmen, das er selbst gern als unabhängigen *Thinktank* bezeichnet, gehört ihm nicht allein. Die ebenso geduldigen wie finanzstarken Anteilseigner halten sich jedoch so diskret im Hintergrund, dass kaum jemand weiß, woher die Gelder stammen, mit denen Matana sein Institut betreibt.

Er ist Biologe, was er auch immer wieder gern betont.

Was ich dir nun sage, sage ich dir als Biologe … So setzt er meist an, wenn er philosophisch wird und den Bogen schlägt von der Funktionsweise unserer Sinnesorgane zu grundsätzlichen Fragen der Kognitionstheorie. Ich erinnere mich nicht, aber sicher hatte er auch damals diesen Satz bemüht.

Ob mir klar sei, hatte er gefragt, was den besonderen Wert meiner Arbeit ausmache.

Ich wusste es nicht. Jedenfalls wäre ich selbst nicht auf die Idee gekommen.

Sie haben, dozierte er, dem Computer die Welt gezeigt.

Das war mir zu hoch gegriffen. Schließlich war es mir lediglich gelungen, den Computer ein Schachbrett voller Figuren sehen zu lassen, indem ich es in eine Form überführte, die er wahrnehmen und verarbeiten konnte: Zahlen. Und Matana tat so, als hätte ich einem Blinden zum Sehen verholfen. Das fand ich absurd.

Keineswegs, erwiderte er: Die Welt ist, was wir wahrnehmen. Etwas anderes gibt es nicht für uns. Und möglicherweise gibt es darüber hinaus gar nichts.

Das Schachprogramm, sagte ich und rückte mit dem Bauer nach *d4*, statt *d5* zu verteidigen. Das war, glaubte ich mich zu erinnern, eine gängige Variante. Dennoch erschien der Zug mir schwach, aber es war zu spät. Ich hatte Matana einen Tempovorteil geschenkt, und mein Mehrbauer würde nicht zu halten sein.

Ganz genau, erwiderte Matana, während er ungerührt meinen Zug und seine Antwort notierte: *Sf6xd5*. Um meinen Bauern war es geschehen.

Aber das war damals, setzte er hinzu, nicht mein einziges Interesse.

Ach? sagte ich abwesend. Ich musste ins Spiel finden und beginnen, meine Offiziere in Position zu bringen: *Sg1-f3*.

Ja, sagte Matana und bereitete mit *g7-g6* ein Fianchetto

vor, um meinen verbliebenen Zentrumsbauern auf *d4* unter Druck zu setzen. Das kümmerte mich nicht, denn *d4* war doppelt verteidigt. Ich fühlte mich sicher.

Was war es denn noch? fragte ich und entschied mich für *Lf1-e2*, um auch noch meine Verteidiger zu verteidigen. Wie ich erwartet hatte, ging Matana mit *Lf8-g7* in Angriffsstellung.

Dein Auge, sagte er.

Unwillkürlich scharrte ich mit den Füßen. Wie wenig hatte ich doch erreicht! Mein positives Körpergefühl war von den Füßen aufgestiegen, aber unterhalb der Augen hatte es halt gemacht. Offenbar genügte noch immer die bloße Erwähnung meines unübersehbaren Defekts, um mich in die Gefühlswelt meiner Kindheit zurück zu katapultieren, in ein Chaos aus Verletzung, Scham und Wut darüber, nicht ändern zu können, weswegen ich begafft und gehänselt wurde. Es konnte doch wohl nicht möglich sein, dass ausgerechnet Matana, der dieses Gefühl kennen musste, einem ähnlichen Impuls der Neugier nachgegeben hatte.

Natürlich wusste ich, dass er sich für Augen interessierte. Als Biologe hatte er sich über Jahrzehnte mit dem menschlichen Sehvermögen und den Ursachen verschiedener Sehstörungen beschäftigt. Es war kein Zufall, dass das Logo seiner Firma ein Paar weit geöffneter Augen darstellte. Matanas Vision war es, Blinde sehend zu machen, was nach seiner Vorstellung bedeutete, ihnen eine Welt zu Füßen zu legen oder – noch genauer – eine Welt für sie zu erschaffen.

Als er mich einstellte, hatte er bereits mehrere Prototypen implantierbarer Sensoren entwickelt. Ein Team seines

Instituts erforschte die Möglichkeiten der Vernetzung von Nervengewebe mit elektronischen Transmittern, und die Aufgabe meines Teams bestand darin, die Sensordaten in Signale zu übersetzen, mit denen das menschliche Gehirn etwas anfangen konnte. War es mir zuvor gelungen, ein Schachbrett voller Figuren in Zahlen zu verwandeln, musste ich nun den entgegengesetzten Weg erkunden: wie man Sensordaten in elektrische Impulse übersetzt, die dem Gehirn wie der natürliche Input eines gesunden Auges erscheinen.

Aber Matana hatte nicht von irgendwelchen Augen geredet.

Dein Auge, hatte er gesagt. In der Einzahl. Es war klar, was er meinte. Wie konnte er nur so taktlos sein?

Es war Zeit für die Rochade. Ich zog, und auch Matana rochierte. Unsere Könige standen nun sicher verschanzt hinter ihren Bauern auf dem Königsflügel. Ich aber hatte mit einem Mal Angst und überlegte, wie ich mich selbst in Sicherheit bringen könnte. Durch einen Witz, irgendeine Bemerkung, die vom Thema wegführte? Mit dem kleinen Finger schob ich den Turm von *f1* nach *e1*. Aber Matana ließ nicht ab. Mit *Sb8-c6* erhöhte er den Druck auf meinen Zentrumsbauern, und als wäre es nicht genug, mir auf dem Brett Probleme zu bereiten, blieb er beim Thema und präzisierte, was er meinte.

Hast du je überlegt, fragte er, das Implantat an dir selbst zu erproben?

Warum sollte ich? gab ich zurück. Ich bin nicht blind.

Ich zog *c2-c3*, um Matanas Angriff auf meinen Bauern

mit verstärkter Verteidigung zu kontern. Damit aber hatte ich eine Flanke geöffnet. Mit *Lc8-f5* besetzte Matana die herrenlose Diagonale und attackierte meinen Springer.

Du könntest räumlich sehen lernen, sagte er: Ist das etwa nichts?

Das hat mir nie gefehlt, log ich. Ich musste ausweichen und rettete meinen Springer von *b1* nach *a3*.

Springer am Rand ist eine Schand! hatte mein Großvater mich immer ermahnt, wenn ich es so weit hatte kommen lassen, dass mein Offizier im Abseits stand. Matana lächelte. Natürlich glaubte er mir nicht. Auch er schlenzte nun mit dem kleinen Finger seinen Turm von der *f*- auf die *e*-Linie.

Tatsächlich? fragte er scheinheilig.

Tatsächlich, log ich weiter und brachte meinen Springer mit *a3-c4* aus dem Abseits wieder ins Spiel.

Natürlich hatte es mir gefehlt. Ich erinnerte mich an die langen Nachmittage im Park, die ich als Kind an der Hand meiner Nanny mit Balancierübungen zugebracht hatte. Es hatte ewig gedauert, bis ich nicht mehr abstürzte. Tischtennis, Handball, Geräteturnen – das alles hatte ich mit viel größerem Aufwand und mehr Geduld erlernen müssen als meine Schulkameraden. Und in manchen Bereichen geht es mir heute nicht besser. Will ich Wein eingießen, muss ich den Flaschenhals auf dem Rand des Glases aufsetzen, um nicht daneben zu gießen. Wirft mir jemand etwas zu, kann ich mich nur ducken. Den Gegenstand fangen zu wollen, wäre ein aussichtsloses Wagnis. Aber das alles sind keine Katastrophen.

Glaub ich dir nicht, sagte Matana trocken und leitete mit *a7-a6* eine neue Attacke auf meinen gerade wieder zu Ehren gekommenen Springer ein. Es hatte wohl keinen Zweck zu leugnen.

Als vor einigen Jahren die ersten 3-D-Filme in den Kinos gezeigt wurden, war ich nie versucht, mir einen anzuschauen, weil ich davon ausging, ich würde nichts davon haben. Inzwischen gibt es manche Filme nur noch in 3-D. Also habe ich es versucht. Als ich die monströse Brille, die ich am Eingang bekommen hatte, aufsetzte, war ich noch skeptisch. Als dann aber der Vorhang aufging und der Film begann, überwältigten mich die Bilder wie nichts zuvor. Ich hatte keine Ahnung, wie es funktionierte, aber das tat es. Starrte der Held in einen Abgrund, fühlte ich tatsächlich die gähnende Tiefe. Alles kippte ins Bodenlose. Ich stürzte in eine völlig unbekannte Welt und wälzte mich genussvoll in den Bilderfluten. Es war wie ein Trip, ein berauschendes Fest, wie ich es noch nie erlebt hatte.

Läufer *e2-d3,* diktierte ich meinen nächsten Zug, und während Matana schrieb und ich setzte, gab ich zu, dass es schön wäre.

Schön! Matana seufzte. Das ist alles?

Zum ersten Mal zog er die Dame: *d8-c8*. Er brachte die Artillerie in Stellung.

Weißt du, sagte er: Während meines Studiums hat uns ein Professor mit einer besonderen Ameisenart aus den Anden bekannt gemacht. Durch eine Laune der Natur fehlt diesen Tieren das Sensorium für die dritte Dimension. Setzt man eine solche Ameise auf eine Kugel, hört sie nicht auf zu laufen. Für sie ist es ein stetiges Vorankommen auf einer endlosen Ebene. Sie merkt nicht, dass sie sich im Kreis bewegt, den immer gleichen Weg wieder und wieder zurücklegt. Ich bin sicher, dir würden die Augen aufgehen, im wahrsten Sinne des Wortes. Du würdest dich in einer Welt wiederfinden, wie du sie heute nicht einmal erahnst.

Nimm allein dieses Blatt, sagte er, und zeigte auf den Block, auf dem er den Fortgang unserer Partie protokolliert hatte, als hätte er in Kurzschrift unser Gespräch notiert. Für jemanden, der nicht Schach spielen kann, bedeuten diese Zeichen gar nichts. Ich glaube, du ahnst nicht einmal, was du entdecken könntest.

Ich wusste genau, was er meinte. Mein Großvater konnte blind spielen. Um es mir leichter zu machen, nahm er oft Papier und Stift und setzte sich mit dem Rücken zum Brett. Ich musste meine Züge ansagen. Er notierte sie und verkündete seine Erwiderungen. Auf dem imaginierten Spielfeld führte er seine Figurenarmee sicherer als ich die meine auf dem Brett, das vor mir stand. Ich hatte oft geträumt, eines Tages wie er mit geschlossenen Augen in den Chiffren eine ganze Welt zu sehen, ein König zu sein, hoch oben auf den Zinnen eines Turms, und das Spielfeld mit allen Figuren zu überblicken wie ein weites Reich, das ganz mir gehört.

Warum, fragte Matana, willst du dich nicht belohnen mit den Früchten deiner eigenen Arbeit?

Willst du nicht tauschen, will ich es auch nicht, dachte ich und brachte wie er meine Dame in Stellung.

*Dd1-c2*, sagte ich: Lassen wir es dabei.

Einverstanden. Matana zuckte die Achseln. Er hätte nichts einzuwenden gegen eine Hängepartie. Dabei hatte ich unser Gespräch gemeint, mit dem er mir mehr zusetzte als auf dem Schachbrett. Er riss einen Zettel vom Block, notierte seinen nächsten Zug und versteckte den Zettel zusammengefaltet hinter meinem Rücken in einem der Bücher in meinem Regal. So hielten wir es immer, wenn wir eine Partie unterbrechen mussten. Ohne Umschweife machte Matana sich auf.

Nichts für ungut, sagte er, während er, schon in der Tür, umständlich seinen Mantel zuknöpfte: Ich wollte es nur erwähnt haben.

Ja, sagte ich und winkte ab. Das sei kein Thema für einen späten Abend. Er nickte und ging, und als ich die Tür geschlossen hatte, kam es mir vor, als würde der Boden unter meinen Füßen schwanken.

Katelyn und Hayman, nackte Nymphen, Pan und ein Anfall von Zärtlichkeit. Und schließlich Matana, ein unterbrochenes Schachspiel, Ameisen und ein Angebot, das mir Angst machte. Das war der gestrige Abend gewesen. Dass ich überhaupt einschlafen konnte, grenzt an ein Wunder. Jetzt sind sie alle fort, nur die Angst ist geblieben. Ich liege im Bett, die Decke bis zur Nase hochgezogen, und wage es nicht, die Augen zu öffnen.

*Nichts aber gleicht dem Gift aus deinen grünen Augen ...* An diese Zeile Baudelaires musste ich denken, als ich Katelyn zum ersten Mal im Aufzug traf und in ihre unwirklich grünen Augen sah.

Unwirklich trifft es genau. Das habe ich später erfahren. Sie sind nicht echt. Katelyn trägt gefärbte Kontaktlinsen. Nie und nimmer, hat sie mir anvertraut, würde sie sich mit einer Brille sehen lassen. Das nenne ich aus der Not eine Tugend machen. Das Grün ist an Zauber kaum zu überbieten. Dennoch überlegt sie, das Problem ihrer Kurzsichtigkeit dauerhaft zu lösen. Sie will sich lasern lassen. Als sie mir das eröffnete, war ich schockiert. Ungern hätte ich auf das Grün verzichtet, aber der eigentliche Grund meines Erschreckens war die Vorstellung, sie würde nach diesem Eingriff die Binde von den Augen nehmen und – nichts mehr sehen. Ich erinnerte mich nur zu gut an die Operationen meiner Kindheit. Ich erzählte Katelyn davon, berichtete ausführlich von den Komplikationen, mit denen ich zu kämpfen gehabt hatte, und versuchte, sie davon zu überzeugen, dass so eine kleine Kurzsichtigkeit doch das Risiko nicht rechtfertige, das sie eingehen würde.

Verglichen mit der Implantation, zu der Matana mich zu überreden versucht, ist eine Laserbehandlung allerdings ein Kinderspiel. Ist es das, was mich in Panik versetzt? Hätte ich Angst vor dem Eingriff, vor der Operation?

Eine Rose ist eine Rose ist eine Rose? Ein Zeichen, ein Hinweis, ein Wegweiser … Ich hätte wirklich wissen müssen, dass der Huf, den ich gesehen habe, als ich aufwachte, ein böses Omen war. Statt aufzuspringen, zu schreien vielleicht und mich zu vergewissern, ob ich träume oder wach bin, habe ich ihn zugedeckt. Als hätte ich etwas zu verbergen und wüsste es genau, und der Huf würde, gehörte er tatsächlich mir, eher andere in panischen Schrecken versetzen als mich selbst – weil ich mein Geheimnis kenne und schon lange damit rechnen muss, *eines Nachts mit irrem Geist taumelnd zur Hölle zu fahren …*

Ja, ich hätte Angst, mich auf den Operationstisch zu legen in dem Wissen, dass mein ungeliebtes blindes Auge gegen ein Implantat ausgetauscht werden soll. Aber das wäre kein Grund, es nicht zu tun. Es würde funktionieren. Da bin ich sicher. Omen, Fügung, Schicksal … Ich bin ein Spezialist für Zeichen. Das Implantat, von dem ich rede, habe ich selbst entworfen. Ich weiß, wovon ich rede.

Ich wackle mit den Zehen. Das geht. Jetzt habe ich wirklich Angst. Wem auch immer der Huf gehört, der unter meiner Bettdecke hervorlugt, meiner ist es nicht.

Eben bin ich noch geschwebt, in einem nächtlichen Meer. Dunkel ringsum, nur weit über mir flirrte rund und fahl der Mond und warf einen schmalen Lichtstreif herab, in dem das Plankton flimmerte wie eine Sternenschar. Ein gewaltiger Rochen segelte auf mich zu und über mich hinweg, so nah, dass ich von unten seinen weißen Bauch, die pumpenden Kiemen, das schmale Maul und die wie irr starrenden Augen sehen konnte. Beinahe hätte mich die Spitze einer Flosse gestreift. Ich ließ mich langsam, langsam nach oben treiben und tauchte auf. Windstill war es, und das wie bleiern ruhende Meer schien unendlich weit und schwarz. Ich schloss die Augen und ließ mich treiben. Das Schwarz wechselte nach und nach in ein tiefes und schließlich ein helleres Blau.

Und jetzt … dringt warmgelbes Licht durch meine geschlossenen Lider, als läge ich in der Mittagssonne auf einer Sommerwiese. Ich öffne die Augen, und die Wiese ist tatsächlich da. Ich liege nackt im Gras, und dicht neben mir liegen zwei Frauen, Katelyn und Lian. Auch sie sind nackt. Bauch an Rücken aneinander geschmiegt, lächeln sie versonnen im Schlaf, als schwelgten sie in zärtlichen Träumen …

Die Versuchung ist groß, die Hand auszustrecken, Katelyns Stirn zu streicheln, mit dem Finger ihre Brauen nachzuzeichnen oder die glänzende Strähne von Lians langem schwarzen Haar beiseite zu schieben, die wie ein Seidenband über ihrer Brust liegt. Aber es wäre vergeblich. Ich würde ins Leere greifen.

So gern ich sehe, was ich sehe, weiß ich doch: Es ist nicht real, sondern lediglich eine Erinnerung. Wir sind damals keineswegs auf einer Wiese erwacht, sondern in Katelyns rundem Bett. Die Nacht, die Lian mit Katelyn und mir verbracht hat, liegt gute fünfzehn Jahre zurück. Ich bin gealtert seitdem und Katelyn ebenso, und Lian haben wir beide, nachdem wir sie an jenem Tag verabschiedet hatten, nie wieder getroffen.

Es wäre ganz sicher vergeblich, die beiden berühren zu wollen. Ich kann sie sehen. Mehr ist nicht möglich. Denn was ich sehe, ist eine Filmsequenz, der festgehaltene Augenblick Glück, den mein UniCom für mich aufgezeichnet und aufbewahrt hat. Die Wiese inmitten einer verlassenen sommerlichen Hügellandschaft habe ich später hinzugefügt, und der so entstandene Clip ist mir einer der liebsten in meiner Bibliothek von Aufwachthemen, mein privates, mein geheimes Arkadien.

Jeden Morgen finde ich mich wieder in einem ähnlichen Glücksmoment, und die lebhafte Erinnerung an die womöglich weit zurückliegenden Sekunden des Glücks vermischt sich mit einer ganz aktuellen tiefen Zufriedenheit. Ich habe Phantastisches erreicht in meinem Leben, und wunderbarerweise sind es gerade die Sekunden des Erwachens, die mich jeden Tag für die hinter mir liegenden Mühen belohnen.

Ich bin nie gern aufgestanden. Die Arbeit brachte es mit sich, dass ich kaum je ausschlafen konnte. Umso schwerer fiel mir das Aufstehen. Nichts war mir verhasster, als von einem nervigen Weckgeräusch aus dem Tiefschlaf gerissen zu werden und mich benommen im Dunkel wiederzufinden. Das ist vorbei, das liegt weit hinter mir.

Ich liebe, was wir geschaffen haben. Ich liebe das UniCom, und wenn ich entscheiden müsste, was ich am meisten an diesem technischen Wunderwerk liebe, dann dies: dass ich jeden Morgen im Paradies erwache.

Ich übertreibe nicht. Keine Erinnerung geht mir verloren, die ich nicht selbst verloren gebe. Das UniCom sieht und hört, was ich sehe und höre, und bewahrt es für mich auf. Es überwacht meinen Schlaf. Es weiß, wann ich aufstehen müsste, und rückt die Weckzeit heran, aktiviert es in einer Traumphase, in der unser Schlaf am leichtesten ist, einen der von mir dafür vorgesehenen Clips. Was auch immer ich gerade geträumt haben mag, ich gleite sanft aus dem Traum hinüber ins Licht, in eine Erinnerung, die mir lieb ist, eine Erinnerung an einen Glücksmoment. Ganz gleich, wo ich mich befinde, ob es grauenvoll früh und draußen noch finster und kalt ist, das alles spielt keine Rolle. Ich erwache mit einem Lächeln.

Es war ein weiter Weg bis hierhin, und ich denke, ich darf mit Recht stolz sein auf das Erreichte. Am Anfang standen Entbehrungen, Überwindung und harte körperliche Arbeit, womit ich nicht gerechnet hatte. Heutzutage ist die Implantation ein ambulanter Eingriff. Man geht morgens nüchtern in die Klinik. Nach einigen Untersuchungen wird das UniCom eingepflanzt, und am Nachmittag geht man als veredelter Mensch nach Hause, beschenkt mit geschärften Sinnen und eingeklinkt in den nicht versiegenden Strom weltweiter Kommunikation. Nur die winzigen Schnitte hinter den Ohren zeugen von der Operation. Sie heilen innerhalb einer Woche. Danach erkennt man den Neubürger nur noch am ruhig pulsierenden blauen Licht der Statusindikatoren, zwei winzigen runden Leuchtdioden, die im Halbminutentakt unter der Haut an den Schläfen aufblinken – als Beweis der Erleuchtung, der Adelung, der Aufnahme in die gehobene Schicht der Eingeweihten, der Vernetzten, der wahren Weltbürger.

Ich musste ungleich mehr tun für meinen Ritterschlag. Für mich war es alles andere als ein Spaziergang. Nachdem ich mich Matana zuliebe bereits einmal verwandelt hatte, machte ich nun noch einmal eine Transformation durch, körperlich und psychisch, und diese Transformation verlangte mir mehr ab als nur den Kauf neuer Kleider und den Besuch eines Wellness-Tempels.

So unsicher ich am Abend der abgebrochenen Schachpartie, als Matana mir seinen Vorschlag unterbreitete, auch gewesen sein mochte, so ungeduldig war ich am Morgen darauf, ihm zuzusagen. Ich kam mir vor wie ein Bündel Angst, und dennoch war mir klar, dass ich zusagen musste, dass es gar keine andere Reaktion geben konnte. Wie viele Menschen bekamen je eine solche Chance? Ich konnte nicht ablehnen. Nachdem ich aus dem Bett gesprungen war und die irritierende Halluzination des Bockshufes abgeschüttelt hatte, mit der ich erwacht war, setzte ich mich an den Computer und schickte Matana eine Nachricht.

Ich bin dabei, schrieb ich, mehr nicht. Und als hätte er die ganze Nacht über nichts anderes getan, als vor dem Bildschirm auszuharren und auf meine Zusage zu warten, bekam ich postwendend Antwort.

Er habe nichts anderes erwartet, las ich.

Also war es beschlossen. Ein Zurück gab es nicht mehr.

Mit der Firma, das heißt mit Matana, war ich schnell handelseinig. Es ging um Versorgungsfragen. Was würde geschehen, wenn etwas schiefging, ich etwa das Augenlicht verlor oder irgendwelche anderen irreparablen Schäden davontrug? Eine Versicherung kam bei diesem Geheimprojekt nicht infrage. Die Firma würde sich kümmern müssen. Und das würde sie, ließ mich Matana wissen. Er hatte, wie sich herausstellte, bereits alles geplant und vorbereitet. Die Anwälte hatten einen Vertrag aufgesetzt, der alle Eventualitäten regelte und nur noch auf meine Unterschrift wartete.

Einige der Regelungen, die der Vertrag für die Dauer des Experiments vorsah, überraschten mich, weil sie den Eindruck erweckten, als sollte ich unter Personenschutz gestellt werden. Ich würde einen Fahrer bekommen, weil wir die Auswirkungen des Experiments auf meine Fahrtüchtigkeit noch nicht abschätzen und keinen Unfall riskieren konnten. Auch sollte ich eine Art medizinischer Leibgarde erhalten. Ein Team von ausgesuchten Ärzten würde sich um mich kümmern, und einer von ihnen würde immer in meiner Nähe sein, tags wie nachts. Überhaupt würden die Ärzte nun erst einmal das Regime übernehmen.

Eine Woche lange untersuchten sie mich eingehend, maßen Herzrhythmus und Hirnströme, erstellten Blutbilder, ermittelten meinen Körperfettanteil und meine körperliche Belastbarkeit, testeten mich auf allergische Reaktionen und erstellten im Computertomographen ein detailliertes Abbild meines Gehirns – im Ruhezustand und in simulierten Stresssituationen. Man hätte den Eindruck bekommen können, ich sollte auf eine Marsmission geschickt oder für die Olympiade vorbereitet werden. Vergleichbares hatte ich jedenfalls noch nicht erlebt und auch nie damit gerechnet, je in die Situation zu kommen, derart intensiv unter die medizinische Lupe genommen zu werden. Als die Ärzte ihren Bericht vorlegten, schien es denn auch, als wäre das Experiment gescheitert, noch bevor wir begonnen hatten.

Das Verdikt war niederschmetternd. Mein Geist mochte fit sein, mein Körper war es nicht. Bei meinem Lebenswandel, wurde mir beschieden, dem wenigen Schlaf, nachlässiger Ernährung und einer gehörigen Portion Stress durch zu viel Arbeit, sei ich eher ein Kandidat für einen frühen Herzinfarkt als für ein Experiment, wie wir es vorhatten. Außerdem hatten die Weißkittel Spuren von THC gefunden, was mich nicht überraschte und Matana belustigte, die Ärzte aber befürchten ließ, dass ich das Experiment womöglich ruinieren würde, wenn ich in den zu erwartenden stressigen Monaten, die mir bevorstünden, zu einem Joint greifen sollte.

Um mich überhaupt als Prototyp des *Homo UniCom* zu qualifizieren, würde ich fit werden müssen. Für das Experiment bedeutete dies einige Monate Verzögerung und für mich ein strenges Programm, das mich aus meinem bis dahin gewohnten Alltag katapultieren würde. Acht Stunden Schlaf pro Tag wurden mir verordnet, eine Ernährungsumstellung und ein Fitnessprogramm, das mir, der ich für Sport nie viel übrig gehabt hatte, schlicht Angst einflößte.

Von berauschenden Substanzen jeglicher Art hätte ich mich ohnehin fernzuhalten. Ein halbes Jahr würde man mir Zeit geben, aus dem gelegentlich kiffenden Schreibtischhocker Ed Rosen einen Athleten zu machen, der sich eventuell, aber auch nur eventuell, eignen könnte für das Experiment, das Matana mir vorgeschlagen hatte.

Nicht einmal diese Aussichten konnten meinen Enthusiasmus bremsen. Ich war entschlossen und unterschrieb den Vertrag, und während ich es tat, beschäftigte mich der einzige Gedanke, der mir bei diesem Vorhaben wirklich Angst machte: Ich würde mit Katelyn reden müssen. Seit Monaten hatte ich wortreich versucht, sie von einer Laser-OP an ihren kurzsichtigen Augen abzubringen. Nun würde ich ihr erklären müssen, wie ausgerechnet ich mich auf das Abenteuer eines solchen ungleich gewagteren Eingriffs einlassen konnte.

Beim damaligen Stand unserer Beziehung hätte ich mich nicht erklären müssen. Genau das aber war der Punkt: Wenn ich ihr abgeraten hatte, dann nicht, weil ich ihre falschen grünen Augen so sehr liebte, dass ich auf sie nicht hätte verzichten wollen, sondern weil ich mich um Katelyn sorgte. Ich redete mir ein, dass sie womöglich gerade dieser Sorge wegen bisher auf die Operation verzichtet hatte, weil sie an meiner Stelle ähnlich empfunden hätte. Wie konnte ich nun etwas tun, das sie sich selbst meinetwegen versagte?

Vielleicht war ich zu lange begriffsstutzig gewesen. Jetzt immerhin wurde mir klar, dass wir ein Paar waren und unser Zusammensein mehr als nur ein Abenteuer, eine prickelnde Episode, die niemanden zu Erklärungen verpflichtete. Ich wollte, dass sie dabei ist, dass sie mich – wie soll ich es sagen? – auf dem Weg ins Unbekannte begleitet. Dennoch hatte ich den Vertrag unterschrieben, ohne sie eingeweiht zu haben. Ich hatte den Entschluss ohne sie gefasst. Ganz gleich, ob die Vorstellung sie ängstigen würde oder nicht, ob sie einverstanden sein würde oder nicht, ich hatte bereits entschieden, als wäre ich allein, als gäbe es sie nicht oder ihre Ansichten, Ängste und Meinungen würden nicht zählen. Das würde ihr nicht gefallen. Man musste kein Prophet sein, um das vorauszusehen.

Erschreckend war nicht die Erkenntnis, dass ich Katelyn liebte. Erschreckend war das überwältigende Gefühl, geliebt zu werden, und die Angst, die sich unmittelbar einstellte, daran könnte sich etwas ändern, und ich würde Katelyn verlieren, weil sie sich übergangen fühlte, nicht ernst genommen, nicht wichtig genug, eine solche Entscheidung gemeinsam mit mir abzuwägen. Tatsächlich verblassten die Risiken des geplanten Experiments vor dieser Angst.

Man hätte meinen sollen, dass ich alt genug war, damit umgehen zu können, aber ich stand hilflos vor dieser Angst wie ein Teenager in den Wirren der ersten ernsthaften Liebschaft. Anstatt das Problem aus der Welt zu schaffen, indem ich Katelyn einweihte und mich erklärte, vertagte ich den Augenblick der Wahrheit von Date zu Date. Es sei ein Geheimprojekt, von dem sie nichts wissen durfte, redete ich mich vor mir selbst heraus. Mir bleibe gar nichts anderes übrig, als weiter den Mund zu halten, solange wir uns noch in der Vorbereitung befanden.

Immerhin vertraute ich mich Matana an. Ich dachte, er müsse aus allen Wolken fallen, wenn ich ihm das Techtelmechtel – ausgerechnet mit einer Auditorin von *Anderson, Pinchet & Laurie* – beichtete, aber meine Eröffnung überraschte ihn nicht. Mit dem Daumen zeigte er über die Schulter auf die weit geöffneten Augen des riesigen Firmensignets, das hinter ihm auf der Wand prangte.

Glaubst du etwa, sagte er, die Firma sei blind?

Nein, das glaubte ich nicht. Wie hatte ich nur annehmen können, Matana hätte ein Risiko übersehen? Also war alles aus? Ich würde mich unter Angabe irgendeines fadenscheinigen Grundes von Katelyn trennen müssen?

Ich solle mich auf das Trainingsprogramm konzentrieren, das die Ärzte verordnet hatten, sagte Matana mit einem Lächeln, das ich an Barbarei grenzend herzlos fand. Dann, meinte er, würden wir weitersehen.

Mir wurde übel. Ich musste mich setzen. Bis eben, dachte ich, war ich noch ein verängstigter Liebender gewesen. Das war vorbei. Ab jetzt, darüber konnte ich mich nicht täuschen, würde ich ein Verräter sein.

Das nächste Date mit Katelyn war eine Tortur. Sie war bestens aufgelegt und scherzte, aber ich fühlte mich in mich zurückgezogen wie eine Schnecke im Haus. Ich konnte Katelyn kaum in die Augen sehen und brachte keinen zusammenhängenden Satz heraus, weil ich fürchtete, mich zu verraten. Es kam mir vor, als wären Nebelschwaden zwischen uns aufgezogen, die mein Bild von ihr überlagerten, die Details, die ich sah und an denen ich mich bislang gefreut hatte, ihre Augen, ihre Lippen, die frech in die Stirn stehenden blonden Haarspitzen. Was sie sagte, erreichte mich nur noch gedämpft und wie verzerrt. Über alles hatte sich eine graue, wabernde Wolke geschoben, die Vorstellung, dass dies alles zum letzten Mal geschah, dass die Zukunft mit ihr hier und jetzt endete, obwohl keiner von uns es so wollte.

Katelyn war ahnunglos und griff, als sie merkte, wie abwesend ich war, nach meiner Hand.

Wohin, fragte sie, hast du dich denn verirrt? Ich bin sicher, du hast kein Wort von dem mitbekommen, was ich eben gesagt habe.

Ich nickte, versuchte ein Lächeln und eine Entschuldigung. Ich faselte etwas von einer schwierigen Phase in meinem Projekt, einem Problem, das ich seit Tagen nicht hätte lösen können und das mich und den Fortgang der Forschungen blockiere.

Das wird sich finden, sagte sie. Sei nicht so dramatisch! Im Übrigen sei es uncharmant, an Maschinen zu denken, während ich mit ihr ausging.

Schau her, sagte sie und warf sich kokett in die Brust: Das sollte dich deine Bitmuster vergessen lassen, findest du nicht?

Sie musste, dachte ich, wirklich ahnungslos sein, und ich wusste nicht, ob mich das erleichtern sollte oder noch schuldiger machte.

Der Tag darauf war mein Geburtstag. Zu den Glückwünschen, hatte Matana mich vorgewarnt, würde es keine Geschenke geben, sondern einen Sack voll neuer Verpflichtungen. Es gebe keinen besseren Zeitpunkt, hatte er gesagt, um mit meinem Trainingsprogramm zu beginnen. Zu zehn Uhr hatte er mich in sein Büro zitiert, um mir den Personal Trainer vorzustellen, der mich fit machen sollte für meine Mission.

Ich war pünktlich. Zwei Minuten vor zehn stand ich in Matanas Vorzimmer und begrüßte die Sekretärin.

Gehen Sie nur, sagte sie: Sie werden erwartet.

Als ich die Tür zu Matanas Büro öffnete und eintrat, kam es mir vor, als würde ich eine Bühne betreten. Mein Blick fiel auf Matana, der hinterm Schreibtisch entspannt zurückgelehnt auf einem thronartigen Ledersessel saß. Wie am Tag meines Vorstellungsgesprächs hielt er seine Taschenuhr in der Hand und strich mit dem Daumen versonnen über das Nymphenrelief. Über seinem Kopf prangten die Augen des Firmenlogos und starrten mich an. Das alles wirkte wie arrangiert, eine wohldurchdachte Inszenierung, die mich beeindrucken sollte. Und das tat sie. Matana ließ die Uhr in der Westentasche verschwinden und wies mit ausladender Geste zu der Sitzgruppe, auf der wir vor Jahren die Modalitäten meines Arbeitsvertrages ausgehandelt hatten. Dort saß bereits jemand, eine überaus attraktive Frau, blonder Bob, grüne Augen. Unterm Saum des Bleistiftrocks blitzte ein Hauch von Strumpf …

Voilà, hörte ich Matana sagen.

Katelyn stand auf, und die Sekretärin schloss hinter mir die Tür.

Im Erinnerungsgarten eines jeden gibt es wohl das eine oder andere schwarze Schaf, das dort vermeintlich friedlich und unbeobachtet grast. Es wächst nicht, aber es wird auch nicht kleiner, und vor allem stirbt es nie. Es grast, und gelegentlich blökt es laut und vernehmlich, damit man es ja nicht vergisst.

Das ist die Erinnerung an Augenblicke tiefster Peinlichkeit, Situationen, in denen wir uns einmal befunden haben und wünschten, umgehend im Erdboden zu versinken und nie wieder sichtbar zu werden. Allein die offenbar nie verblassende Erinnerung an jene Momente, die uns wieder und wieder unangekündigt zu überfallen vermag, genügt, die Scham erneut in uns aufsteigen zu lassen. Sie verblasst nicht, die Schuld ebenso wenig, und zu beidem gesellt sich auch noch die unbezwingbare Angst, dass andere sich ebenso lebhaft wie wir selbst an das Geschehen erinnern und uns jederzeit bloßstellen könnten.

Mein schwarzes Schaf, zumindest eines davon, ist die Erinnerung an jenen Moment in Matanas Büro, die Sekunden, in denen mir der Boden unter den Füßen schwankte und alles über mir einzustürzen drohte, weil mir klar wurde, dass ich enttarnt war und mein Verrat offenbart, dass kein Leugnen mehr etwas nützen würde und ich nun der Gnade derer ausgeliefert war, die ich betrogen hatte.

Das Perfideste an der Situation war, dass Katelyn unbeirrt lächelte, während sie auf mich zukam, mir die Hand entgegenstreckte und sich vorstellte, als würden wir uns nicht kennen. Wusste sie nicht, dass ich Matana eingeweiht hatte? Oder war der Handschlag, mit dem sie mich begrüßte, bereits die Ankündigung eines unwiderruflich veränderten Verhältnisses zwischen uns, der Rückkehr zu Fremdheit und Distanz? Womöglich hatte Matana sie im Glauben belassen, er wisse nichts von unserem Verhältnis. Vielleicht spielte sie ihm gegenüber etwas vor, wie ich ihr gegenüber etwas vorgespielt hatte. Es konnte sein, dass Katelyn über Wochen schon Bescheid gewusst hatte, während ich mich mit meiner Heimlichtuerei vor ihr lächerlich machte. Ebenso gut konnte es allerdings auch sein, dass sie nicht ahnte, dass Matana dies alles arrangiert hatte und nun belustigt beobachtete, wie sie vorgab, mich nicht zu kennen, und wie ich, um sie nicht bloßzustellen, darauf einging. Das nun wiederum wäre ein Verrat Matanas an mir gewesen.

Es mag unglaubwürdig erscheinen, wenn ich sage, dass wir nie über diese Situation gesprochen haben. Aber so ist es. Möglicherweise liegt es daran, dass uns dieser absurde Augenblick als Team zusammengeschweißt hatte, als ein *Trio Infernale* illoyaler Lügner und potentieller Verräter vor Freunden und Geliebten. Was hatten wir denn voneinander erfahren? Uns war nicht zu trauen. Jeder von uns wusste es, und jedem mochte es gleich unangenehm sein, derart ertappt worden zu sein.

Katelyn ging über den Vorfall hinweg. Das erleichterte mich zunächst, weil ich nicht ahnte, dass mich diese Art, die Situation zu handhaben, auf lange Sicht zu einem Gefangenen machte. Wir trafen uns nach wie vor, und da wir nun auch offiziell beruflich miteinander zu tun hatten, verbrachten wir mehr Zeit miteinander als je zuvor. Als Trainerin gab sich Katelyn bestimmt, wenn auch nicht übermäßig streng oder fordernd. Als Frau behandelte sie mich nicht etwa kühler. Unser Verhältnis blieb gelöst und zärtlich, als wäre nichts Irritierendes geschehen. Dennoch hatte sich etwas verändert. Ich wusste, dass sie jeden Augenblick die Frage stellen konnte, vor der ich mich fürchtete, dass sie jederzeit den Vorwurf erheben und eine Erklärung einfordern konnte, und ich hätte nichts von Substanz zu meiner Verteidigung vorzubringen gehabt. Ich weiß nicht einmal, ob es ihr bewusst war. Ihr Schweigen jedenfalls und der Umstand, dass ich es akzeptierte, bescherten mir eine Art emotionaler Gefangenschaft. Ich richtete mich in meinem Schuldgefühl ein und arrangierte mich mit dem von mir selbst verhängten Strafmaß, dem Bewusstsein nämlich, die unausgesprochene Verletzung nie wieder gutmachen zu können.

Über die Jahre gab es einige Situationen, in denen ich mein schwarzes Schaf blöken hörte. Dann zuckte ich zusammen, und worum auch immer es gerade gegangen sein mochte, ich reagierte nicht wie ein freier Mann, sondern wie ein verschüchterter Schuldner, der nichts zu fordern hatte, solange das Schuldkonto nicht abgetragen war. Und dass es nicht abzutragen war, hielt ich für ausgemachte Sache.

Übrigens mussten Jahre vergehen, bevor ich mir dessen bewusst wurde, und als ich merkte, dass Katelyn mich gelegentlich wie einen folgsamen Hund am Halsband führte, waren die Angst und meine jeweils irrationale Reaktion darauf bereits so gut eingeübt, dass ich mir nicht vorstellen konnte, wie ich mich jemals wieder daraus befreien sollte.

Zunächst allerdings überwog ganz klar die Erleichterung. Wir blieben einander erhalten, und Katelyn übernahm die Regie in meinem körperlichen Transformationsprozess. Ich konnte von Glück sagen, dass Matana sie mit meinem Personal Training betraut hatte, denn das Programm, das sie mir verordnete, war deutlich leichter durchzuhalten, als ich befürchtet hatte. Katelyn schickte mich nicht etwa für zwei Stunden täglich ins firmeneigene Gym. Sie quälte mich nicht mit brachialem Krafttraining, Diäten und ermüdenden Cardio-Sessions. Ihr Trainingsplan war so unspektakulär, dass ich nicht für möglich gehalten hätte, dass ich damit in so kurzer Zeit so viel erreichen würde.

Von meinem Speiseplan – wenn man es so nennen konnte – strich sie lediglich die ungezählten Gläser *Latte macchiato*, die ich üblicherweise während der Arbeit trank. Stattdessen fand ich jeden Morgen auf meinem Schreibtisch drei Literflaschen Mineralwasser, die ich, über den Tag verteilt, zu trinken hatte. Darüber hinaus, meinte sie, würde mein Körper mir sehr bald von sich aus signalisieren, was und wieviel er brauche.

Das Training bestand im Wesentlichen aus einem Pushup-Programm und Pilates. Zunächst übten wir atmen und diverse Varianten von Liegestützen in sauberer Ausführung. Als ich mit dem Training begann, schaffte ich fünfzehn bis zwanzig. Das Ziel, meinte Katelyn, liege bei hundert, was mir unmöglich erreichbar erschien. Allerdings machte ich sehr schnell deutliche Fortschritte.

Montags und mittwochs hatte ich über den Tag verteilt acht Sets zu bestreiten, jeweils bis zur Erschöpfung und von Set zu Set in einer anderen Variation der Ausführung. Die Pushups ließen sich problemlos in meinen Tagesablauf integrieren. Alle eineinhalb bis zwei Stunden konnte ich sicher fünf Minuten finden, um sie zu absolvieren und anschließend wieder zu Atem zu kommen. Gelegentlich schaute Katelyn in meinem Büro vorbei, um meine Haltung und die Atmung zu kontrollieren. Jedes Set wurde protokolliert, und die grafischen Auswertungen meiner Bemühungen waren ermutigend: Die drei Kurven des Charts, die Maximal-, Minimal- und Durchschnittsanzahl pro Set anzeigten, kletterten nahezu stetig nach oben. Von Trainingstag zu Trainingstag verbesserte ich mich um einige Prozentpunkte, und wenn man den Trend der Kurven in die Zukunft projizierte, konnte man nur annehmen, dass ich die magische Hunderterschwelle innerhalb weniger Monate erreichen würde.

Die Erfolge begeisterten mich. Die Nebenwirkungen allerdings waren geradezu elektrisierend. Am Abend eines solchen Trainingstages spürte ich, was ich geleistet hatte. Ich fiel erschöpft ins Bett und schlief sofort ein, ganz gleich, was für knifflige Probleme ich tagsüber am Schreibtisch gewälzt hatte. Untertags aber fühlte ich mich trotz der Anstrengung wie unter Aufputschmitteln, energiegeladen, kraftvoll und konzentriert. Es kam mir so vor, als würde ich mich, während ich mich körperlich verausgabte, tatsächlich mit einem gehörigen Quantum Zusatzenergie versorgen. Je mehr mein Körper zu tun bekam, desto leichter fiel mir die geistige Arbeit.

Ebenso bemerkenswert war die körperliche Verwandlung, die sehr bald einsetzte. In den ersten sechs Wochen nahm ich zehn Kilo ab. Dann verlangsamte sich der Gewichtsverlust. Die Speckröllchen tauten. Dafür wuchsen die Muskeln. Ich musste neue Anzüge kaufen, Hosen mit deutlich engerem Bund, weitere Jacketts für die breiteren Schultern. Nach drei Monaten wurden die Konturen meiner Bauchmuskeln sichtbar und tiefe Lendenlinien, wie ich sie zuvor nur von klassischen Statuen gekannt hatte – und natürlich von Haymans Bildern …

Wenn ich mich im Spiegel betrachtete – und ich gebe freimütig zu, dass ich es nun gern und oft tat – beschlich mich der Gedanke, dass ich mehr und mehr dem Pan zu ähneln begann, den Hayman in seinen Gemälden in Szene gesetzt hatte. Es hätte mich nicht gewundert, wenn ich eines Tages festgestellt hätte, dass mir Fell auf den Schenkeln zu sprießen beginnt. Hätte ich meine Füße untersuchen sollen und meine Schläfen? So weit trieb ich es dann doch nicht.

Was meine Ernährung betraf, behielt Katelyn recht. Der *Latte macchiato* fehlte mir nur in den ersten Tagen. Schon bald aber gierte ich geradezu nach Wasser und trank zwischendurch grünen Tee. Ich entwickelte einen regelrechten Heißhunger auf Fisch und aß mittags Sushi statt Fastfood. Ich ertappte mich sogar dabei, dass mein Interesse an Katelyns makrobiotischer Kost immer größer wurde, wenn wir gemeinsam aßen. Auch innerlich schien ich einen Reinigungsprozess zu durchlaufen.

Den Muskelzuwachs schrieb ich den Pushups zu, den Gewichtsverlust meinen veränderten Essgewohnheiten. Was allerdings die panische Verwandlung anging, die ich an meinem Körper beobachtete, verdankte ich sie zum größten Teil wohl vor allem der zweiten Komponente meines Trainingsprogramms: Pilates.

Zweimal pro Woche fuhr ich vor der Arbeit zu Katelyn. In ihrer bourgeois großzügigen Wohnung gab es einen mit Spiegelwänden ausgestatteten Raum. Das war, wie ich erst jetzt erfuhr, ihr Heiligtum, ihr Workout-Zimmer, das ich bis dahin nie zu sehen bekommen hatte. Der Raum war leer. Wenn ich kam, lagen auf dem Fischgrätenparkett lediglich zwei schwarze Matten und gelegentlich wechselnde einfache Hilfsgeräte, die alle den gleichen Zweck erfüllten, nämlich den Körper bei den Übungen zu destabilisieren, so dass jede Faser der Tiefenmuskulatur gefordert wurde, um den Körper im Gleichgewicht zu halten.

In meiner Ahnungslosigkeit, was die Praxis betraf, hatte ich Pilates immer für eine Art esoterischen Mädchensport gehalten, Gesundheitsgymnastik, die noch dazu von einem deutschen Emigranten erfunden worden war, der seine Methode ohne jede Ironie *Contrology* getauft hatte, weil er darauf aus war, die Muskulatur der bewussten Kontrolle des Geistes zu unterwerfen. In einem jugendstilartig eingerichteten Studio in New York, wahrscheinlich dem ersten Gym der Welt, hatte Joseph Pilates in den *roaring twenties* mit Broadway-Tänzern trainiert, um sie von berufsbedingten Schmerzen durch Fehlbelastung und Überbeanspruchung zu befreien. Und das alles, während, wer immer es konnte, den Schatten der aufziehenden Wirtschaftskrise zu entkommen versuchte, in Speakeasies feierte und Charleston tanzte. Dieser Joseph Pilates war, wie ich fand, ein unzeitgemäßer Spartaner deutscher Prägung. *Contrology?* Ich schauderte. Das also stand mir bevor? Bestrafung durch Sport im vollverspiegelten Zuchthaus? Nein danke!

Blödmann! sagte Katelyn. Ich hätte ja keine Ahnung, wovon ich rede. Immerhin verdankte sie diesen Übungen ihren gestählten Körper, den ich so gern berührte und begeistert mit begehrlichen Blicken bedachte. Sie zeigte mir einige Übungen, die spielerisch leicht wirkten und weniger nach Sport als nach Tanz aussahen. Mir gelang es nicht einmal, die Grundstellung zu halten. Ich kam mir vor wie ein nasser Sack, ohne jede Kontrolle über die wachsenden Muskelpakete, und dann wieder wie ein Stück Holz, unbeweglich, steif, verspannt. Ich sah mich im Spiegel und erschrak über meine üble Haltung, den Rundrücken, den ich für ein unausschlagbares Erbe meiner Mütterlinie hielt.

Das alles aber, meinte Katelyn, würde sich ändern. Nach zehn Stunden, hätte Joseph Pilates gesagt, spüren Sie den Unterschied, nach zwanzig sehen Sie den Unterschied, nach dreißig haben Sie einen neuen Körper.

Ich blieb skeptisch. Aber ich hatte ohnehin keine Wahl. Schließlich hatte ich den Vertrag unterzeichnet, und der sah vor, dass ich dem Programm meiner Personal Trainerin zu folgen hatte. Also ließ ich mich einführen in die Urgründe dieser deutschen Kontrollgymnastik, wie ich die Pilates-Übungen insgeheim weiter nannte.

Die Wirksamkeit der Übungen stand und fiel mit der Atmung und einer wohlkontrollierten Körperspannung aus der Körpermitte heraus. Katelyn hatte mich bereits für meine Pushup-Routine in die Urgründe dieser Powerhouse-Atmung eingeführt, die allein schon die Bauchmuskeln zum Zittern brachte, ohne dass man nur einen Arm oder ein Bein hob. Ja, man musste kämpfen, und gelegentlich brannten die beanspruchten Muskelpartien wie Feuer, doch sobald die Übung beendet war, fühlte man sich wohl. Kein Schmerz, keine tiefe Erschöpfung. Anspannung und Dehnung wechselten einander ab, und so gewann man nicht nur an Kraft sondern auch an Beweglichkeit, ein völlig neues, beglückendes Körpergefühl. Ich fühlte mich beschenkt und warf meine ursprünglichen Vorbehalte bereitwillig über Bord. Ich hatte tatsächlich nicht gewusst, wovon ich sprach, als ich von Zuchthaus und teutonischem Strafsport geredet hatte.

Die Aktivierung der Bauchgegend hatte übrigens einen weiteren, nicht unangenehmen Nebeneffekt, den ich mit Staunen registrierte. Vom gespannten Beckenboden stieg Lust auf, und zwar so heftig, dass ich oft die Augen schließen musste, weil ich mich unmöglich auf die saubere Ausführung der Übungen konzentrieren konnte, während gleichzeitig mein Blick von den Konturen des Körpers meiner Trainerin im Spiegel gefesselt war. Katelyn brachte das Kunststück zustande, die Bewegungen auszuführen, während sie sie mir erklärte und meine Ausführung genau kontrollierte. Und als wäre das alles noch nicht genug, lächelte sie mir über die Spiegelwand zu, als kostete das alles sie nicht die geringste Mühe.

Gab ich mich dem Genuss dieses Anblicks hin, konnte ich unmöglich weiter trainieren. Ich fiel in mich zusammen. Statt Spannung und Feuer in der Bauchgegend fühlte ich ein Zucken zwischen den Beinen. Wie oft hätte ich gern die Hand ausgestreckt und Katelyn berührt, sie umarmt und an mich gezogen. Aber solche Unterbrechungen sah unser Programm natürlich nicht vor. Jede Minute unserer einstündigen Workouts war detailliert geplant. Wenn Katelyn auch nicht verborgen blieb, was in mir vorging, genoss sie das Begehrtwerden doch stillschweigend und gönnte mir keine Schonung.

Erst am Ende der Stunde kam es gelegentlich vor, dass sie mich umarmte und nach einem innigen Kuss herausfordernd fragte, ob wir uns abends sehen würden. Es gebe noch andere Segnungen eines gestärkten Beckenbodens …

Es war eine paradiesische Zeit, eine Zeit des Erwachens und Erstarkens, eine Zeit der aufwuchernden, neugierigen

Lust. Entgegen allen Befürchtungen entbehrte ich nichts und empfand keine Minute meiner Vorbereitungen als Qual. Nun wusste ich, welchem Zauber Katelyn das Vibrieren ihres Körpers verdankte, das ich oft gespürt hatte, wenn sie mich nach ihrem Workout im Bademantel empfing. Und ich hatte auch keine Zweifel mehr, was sie in diesen Momenten trotz der gerade überstandenen Anstrengungen so empfänglich für meine Zärtlichkeiten gemacht hatte.

In dieser Zeit gab es nur einen kurzen Moment der Irritation zwischen uns.

Nachdem wir etwa vier Monate gemeinsam trainiert hatten, meldete sich Katelyn krank. Mir schrieb sie, es sei nichts Seriöses, aber sie würde doch einige Tage zu Hause bleiben. Weil ich mir trotz ihrer Beteuerungen Sorgen machte, fuhr ich schon am Nachmittag zu ihr. Sie war nicht überrascht, mich zu sehen. Mich allerdings wunderte, dass sie eine Sonnenbrille trug.

Katelyn bat mich herein, und bevor ich noch fragen konnte, was es mit der Brille auf sich hatte, drückte sie mir einen flachen Kunststoffbehälter mit zwei nickelgroßen Schraubverschlüssen, die mit L und R beschriftet waren, in die Hand.

Was ist das? fragte ich.

Schau nach, meinte sie.

Ich legte den Behälter auf den Tisch und schraubte behutsam den Deckel mit dem L auf. In einer leicht zähen klaren Flüssigkeit schwamm eine von Katelyns grünen Kontaktlinsen.

Du kannst sie als Andenken mitnehmen, sagte Katelyn: Ich brauche sie nicht mehr. Sie nahm die Sonnenbrille ab, und ich sah ihr in die Augen, taubengrau mit winzigen braunen Sprenkeln und um die Iris herum noch ein wenig gerötet von der Laser-OP.

Ist denn alles ok? fragte ich besorgt.

Bestens, sagte sie. Der Eingriff habe nur zwanzig Minuten gedauert, schmerzlos, eigentlich ganz unaufregend. Die Lichtempfindlichkeit würde in ein paar Tagen verschwinden.

Ich sehe jetzt alles, sagte sie.

Ich schrak zusammen. Blökte da nicht laut ein Schaf? Es musste mich wie ein Schatten begleitet und nur auf das Codewort gewartet haben, um sich bemerkbar zu machen.

Ich hatte angenommen, Matana würde mit meiner Transformation ebenso zufrieden sein wie meine Trainerin und wie ich selbst. Je mehr Fortschritte ich machte, desto reservierter schien er jedoch zu werden, als wäre ihm die ganze Sache oder doch zumindest ein Teil davon nicht geheuer. Bei aller Begeisterung für das Trainingsprogramm hatte ich die technische Seite unserer Vorbereitungen nicht etwa vernachlässigt. Ich arbeitete konzentrierter denn je und hätte mir schon allein deswegen keine Nachlässigkeit gestattet, weil ich selbst der Leidtragende gewesen wäre. Allerdings hatte ich mehrere Schachabende in Folge abgesagt, weil ich es genoss, die wenige Freizeit, die mir blieb, mit Katelyn zu verbringen. Dafür aber, nahm ich an, durfte ich doch Verständnis erwarten.

Für gewöhnlich hielt Matana mit seinen Ansichten, Ratschlägen oder auch Kritik nicht hinterm Berg. Dieses Mal hielt er sich zurück und nahm einen eigenwilligen Umweg, um mir mitzuteilen, dass er sich Sorgen machte.

Er schickte mir eine verschlüsselte Botschaft, die ich bis

heute nicht vergessen habe. Sie beeindruckte mich schon damals in ihrer Hellsichtigkeit. Über die Jahre aber stellte sich sein Rätsel als geradezu prophetischer Ausblick auf die Entwicklungen heraus, die uns – und besonders mir – noch bevorstanden. Wäre mir dies klar gewesen, hätte es mich beängstigt. So aber überraschte und faszinierte mich seine verschlüsselte Zurechtweisung lediglich. Ich bezog sie allein auf mich, die Beziehung mit Katelyn und unsere Vorbereitungen. Dass Matana sehr wahrscheinlich deutlich mehr im Auge gehabt hatte, ahnte ich nicht.

Eines Morgens fand ich auf meinem Schreibtisch im Büro einen grasgrünen Umschlag, auf dem in Matanas ausladender Handschrift mein Name stand und darunter: Mit besten Wünschen und lieben Grüßen … In dem Umschlag, den ich sofort neugierig aufriss, fand ich einen Gutschein für eine Thai-Massage in einem Salon, den ich nicht kannte. Und ich fand eine zusammengefaltete Bleistiftzeichnung, die schematische Skizze eines Wattschen Dampfreglers.

Kein Wort der Erklärung, nur der Gutschein und diese Zeichnung.

Matana hatte sich einige Mühe gemacht und alle Elemente des Regelkreises dargestellt, inklusive des Dampfventils und des breiten Transmissionsriemens, den er ausschraffiert hatte. Den eigentlichen Reglermechanismus hatte er etwas vergrößert dargestellt. Das vierschenklige Hebelscharnier mit der senkrechten Führungwelle in der Mitte erinnerte mich an die gelegentlich auf Wände und Türen öffentlicher Toiletten gekritzelten Vulva-Piktogramme, ein auf der Spitze stehender Rhombus mit einem Strich in der Mitte.

Setzt sich der Mechanismus in Bewegung, dreht sich das Scharnier um die Mittelachse. Die an den oberen Streben unterhalb der Knie befestigten, meist kugelförmigen Fliehgewichte heben sich und drängen die Knie nach außen. Das Scharnier spreizt sich und zieht dabei die obere Spitze des Rhombus nach unten. Verlangsamt sich die Bewegung, sinken die Kugeln ab und ziehen die Knie zusammen. Man muss kein pubertierender Schüler oder Erotomane sein, um dabei in die Vorstellung eines sich rhythmisch lasziv öffnenden und wieder schließenden Schoßes abzugleiten.

Ich bin sicher, dass der Wattsche Dampfregler bereits im Physikunterricht auf der Highschool behandelt wurde, und ich bin ebenso sicher, dass mein Lehrer, der nicht eben eine Leuchte der pädagogischen Zunft gewesen war, uns Schülern den Fliehkraftregler derart trocken und begeisterungsfrei erklärt hatte, dass schon wenige Tage darauf keiner von uns mehr daran dachte. Im Studium allerdings begegnete mir dieses mechanische Wunderwerk wieder, und zwar als einer der ersten wirksamen Mechanismen zur Stabilisierung dynamischer Systeme.

Fliehkraftregler wurden bereits im 16. Jahrhundert verwendet, um in Mühlen mit unstetiger Kraftzufuhr durch Wind oder Wasserkraft die Bewegung der Mahlsteine konstant zu halten. Um Gleichmäßigkeit der Bewegung ging es auch James Watt, als er das Prinzip für die Steuerung von Dampfmaschinen adaptierte. Die Rotationsgeschwindigkeit einer solchen Maschine hängt ab vom Druck des Dampfes, und der wiederum von der Befeuerung. Durch Dampfmaschinen angetriebene Webstühle durften aber nicht schneller weben, wenn jemand eine Schaufel Koks nachwarf. Auch eine Dampflokomotive musste mit konstanter Geschwindigkeit fahren können. Watt koppelte die Rotationsbewegung der Dampfmaschine mit dem Regler. Drehte die Maschine schneller, so auch die Kugeln am Regler. Sie hoben sich und stauchten das Scharnier, das auf diese Weise ein Ventil zur Drosselung des Dampfes betätigte. Verlangsamte sich die Maschine, öffnete der Regler hingegen das Ventil, und die Maschine kam wieder auf Touren.

Das zugrundeliegende Prinzip der negativen Rückkoppelung als notwendiger Bestandteil entwicklungsfähiger Systeme, die Drosselung von Eigendynamik und gleichzeitige Vermeidung des Stillstands, das war im Studium der Anlass unserer Beschäftigung mit dem Wattschen Dampfregler. Kurz: die Dinge in Bewegung, aber auch restriktiv im Lot zu halten.

Besonders faszinierend an diesem mechanischen Beispiel war, dass die Maschine selbst die Information produzierte, die dazu verwendet wurde, sie zu steuern. Man konnte in diesem dynamischen System nur noch schwer zwischen Ursache und Wirkung unterscheiden.

Matana war einmal während einer unserer Schachpartien auf den Wattschen Dampfregler gekommen. Ihn als Biologen und Kognitionsforscher interessierte die Koppelung zwischen Maschinenwelt und menschlichem Verhalten. Er hatte darüber sinniert, warum diverse Formen interaktiver Webdienste wie etwa Diskussionsforen und Weblogs mit Kommentarmöglichkeiten über viele Jahre enstanden und gestorben waren, bestimmte kommerzielle soziale Netzwerkdienste aber, wie etwa Zuckerbergs Facebook, geradezu explosionsartig wuchsen. Er hatte sich angesehen, worin sich die Möglichkeiten des Feedbacks unterschieden, das die Nutzer dieser Dienste sich gegenseitig oder auch dem Betreiber geben konnten.

Das musst du dir mal ansehen, hatte er doziert: Es gibt in diesen wuchernden Systemen so gut wie keine Funktion negativer Rückkoppelung. Man kann Interssantes weiterverbreiten und Beiträge anderer mit einem Klick auf den *Like*-Button adeln. Einen *Dislike*-Button hingegen gibt es nicht. Kein Benutzer wird darüber informiert, wenn er von anderen geblockt wurde. Das System bietet nur Funktionen an, die zur noch intensiveren Nutzung des Systems motivieren. Sie animieren dazu, mehr und mehr Menschen zu involvieren.

Und? fragte ich: Das ist doch geschickt. Matana schüttelte den Kopf.

Das scheint so, meinte er. Ausgemachte Sache sei das aber nicht. Fallen im menschlichen Körper die Systeme des negativen Feedbacks aus, wird schnell mal ein Krebsgeschwür daraus. Es ist wie eine Umpolung des Wattschen Dampfreglers. Je schneller die Maschine dreht, desto mehr Dampf gibt das Ventil frei. Systemtheoretisch betrachtet, kann ein solches dynamisches System, das sich allein auf positive Rückkoppelung stützt, nur in die Katastrophe steuern. Aus winzigen Turbulenzen werden wahre Stürme, eine sich immer schneller drehende Spirale ungebremster Wucherung.

Du übertreibst, sagte ich.

Natürlich übertreibe ich, erwiderte er. Aber das sei schließlich ein Grundinstrument gedanklichen Experimentierens.

Dass ich mit seiner Zeichnung allerhand verbinden würde, davon konnte Matana also ausgehen, und dass ich Massagen mochte, wusste er ebenfalls. Mir war nur nicht klar, wie das eine mit dem anderen zusammenhängen sollte. Ich ging davon aus, dass ich in dem Thai-Salon einen Hinweis finden würde. Also zögerte ich nicht, dort anzurufen und einen Termin zu vereinbaren. Es musste einen Unterschied geben zwischen dieser Thai-Massage und den Wellness-Behandlungen in Patricias Salon. So viel war sicher. Aber ich hatte keine Ahnung, worauf ich mich einließ, als ich mich einige Tage später auf den Weg machte, um meinen Gutschein einzulösen.

Ich musste in die Stadt fahren. Der Salon lag in einer wenig vertrauenerweckenden Gegend, nur ein paar Straßen entfernt von der Galerie, in die mich Katelyn seinerzeit gelockt hatte, um mich mit Haymans Arkadien bekannt zu machen. Es handelte sich um ein unauffälliges Ladengeschäft. Das Schaufenster war von innen mit schweren bunten Stoffbahnen im Paisley-Muster verhängt, an die mit Stecknadeln künstliche Lotusblumen geheftet waren. Kein Schild wies darauf hin, was hier angeboten wurde. Die massive Holztür hatte außen keine Klinke, und der kleine Sehschlitz in Augenhöhe war ebenso verhängt wie das Schaufenster. Anscheinend legte man keinen Wert auf Laufkundschaft. Womöglich handelte es sich auch um eine Insider-Adresse, und es wurden ohnehin nur Stammkunden bedient und solche, die auf Empfehlung von Stammkunden kamen. Es gab keine Klingel, und ich zögerte zu klopfen. Wohin hatte Matana mich nur geschickt?

Eine Sekunde lang war ich versucht umzukehren, doch

da bewegte sich plötzlich der Stoff in dem Sichtfenster, als hätte jemand, von mir unbemerkt, von innen die Straße beobachtet und mich gesehen. Die Tür öffnete sich einen Spalt.

Ed Rosen, sagte ich.

Treten Sie ein, hörte ich, und erst als ich durch die Tür geschlüpft war, sah ich, wer mir geantwortet hatte. Die Frau war klein, kaum über einsfünfzig, schlank, ja geradezu schmächtig. Sie trug ihr Haar zu einem dicken seitlichen Zopf geflochten, der schwarz schimmernd über Schulter und Brust fiel und dessen Ende, spitz wie ein Pinsel, beinahe bis zur Hüfte reichte. Das knöchellange, ärmellose Kleid mit strengem Stehkragen erinnerte mich eher an chinesische Mode, wie ich sie gelegentlich in Geschäften in Chinatown bewundert hatte. Auf der dunkelblauen Seide prangte ein goldener Drache, der sich am linken Bein emporschlängelte, mit gewaltigen Pranken den schlanken Hals umfasste und seinen Kopf an ihre Schulter lehnte, so dass es aussah, als würde die aus dem aufgerissenen Maul schnellende, doppelt gespaltene Zunge über ihren Busen lecken.

Der Raum war in das schwache Licht roter Papierlampions getaucht, die von der Decke hingen. Es war warm, beinahe zu warm. Aus dem hinteren Bereich des Ladens, der im Dunkel lag, hörte ich die sphärischen Klänge einer Musik, die mir völlig unbekannt war. Es roch angenehm nach Jasmin.

Die Szene hatte etwas Gespenstisches. Die Frau verneigte sich höflich und schloss die Tür. Sie mochte kindlich wirken, war jedoch sicher über dreißig. Wortlos wurde ich in den hinteren Teil des Ladens gebeten, wo ein gläserner Couchtisch mit Illustrierten und zwei schwere Ledersessel standen. Das alles passte nicht recht zusammen. Ich konnte den Eindruck nicht abschütteln, dass hier irgendetwas nicht stimmte und ich mich womöglich in der wahllos zusammengestückelten Asia-Kulisse eines fragwürdigen Etablissements befand, aber keinesfalls in einem seriösen Thai-Salon. Wir setzten uns. Hinter ihr sah ich zwei geschlossene Türen und daneben, vor einem Durchgang, einen bunten Perlenvorhang. Dann fiel mein Blick wieder auf den goldenen Drachen, wanderte vom Maul über den geschlängelten Rücken bis zum Schwanz und blieb schließlich an den grazilen, nackten Füßen hängen, die aufreizend unterm Saum des Kleides hervorlugten.

Wo liegt das Problem? fragte die Frau.

Das kann ich nicht sagen, antwortete ich leise nach einem kurzen Zögern: Um ehrlich zu sein, weiß ich nicht einmal, wo ich bin. Ich reichte ihr meinen Gutschein, den sie, ohne ihn nur anzusehen, beiseite legte.

Dann werden wir es herausfinden, sagte sie: Seien Sie unbesorgt. Ich hob ein wenig ratlos die Hände. Sie stand auf, öffnete die Tür neben dem Perlenvorhang und winkte.

Kommen Sie, sagte sie: Machen Sie es sich bequem. Ich bringe das Fußbad.

Sie verschwand hinter dem klickernden Perlenvorhang, und ich inspizierte das Zimmer, in das sie mich gebeten hatte. Es war ein fensterloser Raum, beleuchtet von vielleicht zwei Dutzend Öllichtern auf einem schmalen Bord, das in Kopfhöhe rings um den Raum führte. In der Mitte stand eine professionelle Massageliege und an deren Kopfende ein Tischchen mit einem Stapel sorgsam zusammengelegter Handtücher und drei bauchigen Flaschen, wahrscheinlich mit verschiedenen Ölen für die Massage. Quer über die Liege führte in etwa zwei Metern Höhe von Wand zu Wand eine Messingstange. Im hinteren Eck des Raumes entdeckte ich hinter einem Paravent einen Stuhl und einen Stummen Diener. Ich streifte die Schuhe ab, zog Socken, Jackett und Hose aus, hängte alles sorgsam über den Stummen Diener und setzte mich auf den Stuhl.

Kurz darauf kehrte die Frau zurück, mit einem Kupferbecken voll schaumigen Wassers und einem Handtuch. Sie stellte das Becken vor mir ab, kniete sich hin und sagte: Bitte. Ich stellte meine Füße in das lauwarme Wasser. Schweigend knetete sie ein paarmal kräftig mit den Daumen meine Sohlen, zog an den Zehen und massierte die Knöchel. Dann trocknete sie mir die Füße ab, stand auf und, während sie das Becken hochhob, um es beiseite zu stellen, sagte sie mit weicher Stimme, aber doch bestimmtem Tonfall, der etwas Hypnotisches an sich hatte: Sie müssen schon ganz ablegen, sonst können wir nicht anfangen.

Also zog ich mich aus und lag kurz darauf nackt auf der Liege, auf dem Bauch, zugedeckt von ihr mit einem Badelaken, das mir vom Nacken bis zu den Waden reichte.

Die Massage begann an den Füßen, mit sanften streichenden Bewegungen über die Sohle, über den Rist, fest von den Fersen zu den Zehen. Dann spürte ich, wie sie mit beiden Daumen die Sohle presste. Wie durch ein Wunder kam es mir vor, als massierte die Frau nicht allein und nicht nur meine Füße, sondern als berührten mich mit jedem Druck der Daumen in meine Sohlen viele Hände und am ganzen Körper, einmal streichelnd, tastend, dann wieder unerwartet fest zupackend, im Nacken, an den Schultern, den Flanken, sogar am Bauch, auf dem ich doch lag. Ich schloss die Augen und überließ mich den offenbar kundigen Händen.

Ich glaube, ich döste sogar ein. Jedenfalls war ich völlig desorientiert, als mich ein stechender Schmerz zurück in die Wirklichkeit holte. Die Masseurin kniete auf meinen Oberschenkeln und presste mit aller Kraft ihre angewinkelten Ellbogen in meine, wie ich nun jammernd feststellte, völlig verhärteten Schultern. Wie konnte eine so zart anmutende Person nur so schwer sein, sich mit solcher Kraft geradezu in meinen Körper bohren?

Da haben wir es! triumphierte sie und ließ kein bisschen ab. Man muss stark pressen, sagte sie, sonst löst es sich nicht.

War ich eben noch vermeintlich entspannt geschwebt, bäumte ich mich nun unter Schmerzen auf, die kaum auszuhalten waren. Was sollte das alles? Warum hockte diese Frau auf mir wie ein Dybbuk? Ich war nah daran zu schreien, dass sie aufhören solle, doch da – endlich – ließ der Schmerz nach, und statt der harten Knie und Ellbogen spürte ich zwei kleine weiche Füße auf meinen Oberschenkeln. Offenbar hielt sich der goldene Drache nun an der Stange über der Liege fest, während er Zentimeter für Zentimeter über meinen Körper tänzelte und mir so die schmerzhaften Verspannungen, die ich eben noch gespürt hatte, aus den Muskeln knetete.

Ich atmete tief und drehte den Kopf zur Seite. Konnte das sein? Oder war es eine Täuschung? Auf meinem Rücken spürte ich warm die zierlichen Füße der Masseurin. Auf der Wand aber waberte ein riesiger aufrechter Schatten: muskulöse Beine, ein gewaltiger Oberkörper und da, das konnte doch nicht … gewundene Hörner!

Ich schrie. Ich wollte aufspringen und das Monster abschütteln, aber ich lag wie gelähmt und konnte mich nicht bewegen, geschweige denn kämpfen. Statt zarter Füße glaubte ich nun, einen Huf auf meinem Nacken zu spüren. Ich wusste nicht, ob das Geheul, das ich hörte, mein eigenes Schreien war oder das irre Lachen Pans, der auf meinem Rücken einen Tanz vollführte.

Nicht einmal, als der Schatten sich aufgelöst hatte, die Masseurin wieder neben der Liege stand und auf mich einredete – es sei doch nichts, es sei doch nichts! – konnte ich mich beruhigen. Ich zitterte, sprang von der Liege und kauerte mich hinter den Paravent auf den Stuhl. Wo war ich nur hingeraten?

Ich kann mich nicht erinnern, wie es dem goldenen Drachen gelungen war, mich zu beruhigen. Irgendwann zog ich mich an und verabschiedete mich unter tausend umständlichen Entschuldigungen. Es war mir peinlich, eine solche Szene gemacht zu haben. Ich erinnere mich allerdings, dass ich erstaunt war, mit welcher Langmut die Masseurin meinen Auftritt hingenommen hatte, ganz so, als würde es öfter geschehen, dass Kunden in diesem Laden einer Illusion aufsaßen und verschreckt von der Liege sprangen.

Sollte Matana etwa gewusst haben, was mich hier erwartete? Konnte er geahnt haben, was ich sehen würde? Und wenn schon nicht was, so doch immerhin, dass mir etwas

Außergewöhnliches bevorstand, das über das Erlebnis einer Thai-Massage weit hinausging? Nein, dachte ich, das konnte er nicht. Wenn er mir etwas hatte mitteilen wollen mit diesem Geschenk, dem Gutschein und seiner Zeichnung des Wattschen Reglers, dann konnte es nichts mit Pan zu tun haben, der ungestüm auf meinem Rücken getanzt hatte.

Wahrscheinlich, nahm ich an, hatte ich die grausige Verspannung meiner Muskeln spüren und so endlich zur Kenntnis nehmen sollen. Matana, das hätte ich unterdessen wissen müssen, liebte Inszenierungen. Es war gut möglich, dass er aus reiner Inszenierungsfreude zu solch aufwendigen Mitteln gegriffen hatte, um mich darauf aufmerksam zu machen, dass ich eventuell ein wenig übertrieb mit meinem Training, den Pilatesstunden und vor allem meinem extremen Pushup-Programm. So jedenfalls legte ich mir die Lösung des Rätsels zurecht. Die bohrenden Ellbogen des goldenen Drachen waren so etwas wie die negative Rückkoppelung gewesen, die mich zur Besinnung hatte bringen sollen, zurück zu einem ausgewogenen Maß.

Das konnte ich als wohlgemeinten Ratschlag annehmen und beherzigen. Was mir darüber hinaus jedoch widerfahren war, würde ich für mich behalten. Ich schüttelte ja selbst den Kopf über mich und wusste nicht recht, was ich von mir halten sollte. Für gewöhnlich stand ich doch mit beiden Beinen fest auf dem Boden wissenschaftlicher Tatsachen. Wenn ich begann, an Übernatürliches zu glauben und mich vor den Schatten eingebildeter Fabelwesen zu fürchten, gefährdete ich womöglich unser Experiment oder disqualifizierte mich gleich ganz für die Implantation. Nein, ich musste den Vorfall für mich behalten und auf die Diskretion der Masseurin hoffen.

In der folgenden Nacht schreckte ich mehrmals aus schweren Träumen auf, in denen ich die Szene mit dem tanzenden Pan im Thai-Salon in Variationen nochmals durchlebte. Dabei hatte ich den Eindruck, dass das Trugbild von Traum zu Traum wahrhaftiger wurde. Hatte ich zunächst nur einen wabernden Schemen gesehen, den ich doch nicht hätte fürchten müssen, formte sich schließlich aus dem Schatten ein Körper, eine reale Gestalt, die mir nun allerdings etwas anhaben konnte. Ich hörte den Bocksbeinigen atmen. Ich roch seine beißenden Ausdünstungen und war sicher, ich hätte ihn berühren können, wäre ich nur nicht dazu verdammt gewesen, in meiner hilflosen Lage auszuharren. Allerdings verspürte ich zu meiner Überraschung weniger Angst, je körperlicher er mir entgegentrat. Das verstand ich nicht recht. Aber offenbar fiel es mir leichter, mit dem leibhaftigen Grauen umzugehen als mit der bloßen vagen Vorstellung davon.

Als ich am Morgen erwachte, fühlte ich mich wie gerädert. Lustlos stand ich auf, schleppte mich ins Bad und verrenkte mich vor dem Spiegel, um meinen Rücken zu untersuchen. Die abschließenden ärztlichen Tests vor der Operation standen an. Ich wollte sicher sein, dass ich wirklich keine Blessuren davongetragen hatte. Großflächige Hämatome auf meinem Rücken hätte ich den Ärzten unmöglich plausibel erklären können. Aber da war nichts, rein gar nichts, nicht die kleinste Schramme.

So stellte ich mich bei den Ärzten übernächtigt, aber

körperlich unversehrt vor. Auch meinem Rücken und den Schultern ging es prächtig. Die Massage hatte gewirkt, auch in dieser Hinsicht.

Erneut musste ich den Untersuchungsmarathon absolvieren: EEG, EKG, CT, Blutabnahmen, Haar- und Speichelproben, diverse neurologische Untersuchungen, Sehtests und eine Augenspiegelung unter Anwendung von pupillenerweiternden Tropfen, dank derer ich für den Rest des Tages mit einer Sonnenbrille herumlaufen musste. Am Abend lagen die Befunde vor. Sie waren mehr als zufriedenstellend. Aus physiologischer Sicht, meinten die Ärzte, stünde der Operation nun nichts mehr im Wege. Nur eine Woche später sollte es so weit sein.

In der Firma ging es nun hektisch zu. Matana gab sich einsilbig. Alle Teams wurden zum Rapport einbestellt, Experimente zum hundertsten Mal wiederholt, um letzte Gewissheit zu bekommen, dass alles perfekt vorbereitet war und das Implantat funktionieren würde. Die Nervosität steckte mich an, und damit ich mich und die anderen nicht zu sehr verrückt machte, wurde ich beurlaubt. Ich sollte mich ein paar Tage ausruhen, versuchen, an anderes zu denken, und vor allem: mir keine Sorgen machen.

Das war leichter gesagt als getan. Am Tag vor der OP tigerte ich vom frühen Morgen an durch meine Wohnung. Es gab nichts mehr zu tun für mich, als abzuwarten und den anderen zu vertrauen. Glücklicherweise kam Katelyn zu Besuch. Sie hatte sich ausgemalt, wie es um mich stehen musste und präsentierte mir stolz zwei Eintrittskarten für einen Jazzclub, in dem wir einige Monate zuvor schon einmal gewesen waren.

Jazz? fragte ich ungläubig: Heute?

Warum nicht? antwortete sie. Was willst du sonst tun? Auch noch den Rest des Tages in der Wohnung auf und ab laufen?

Also machten wir uns auf den Weg. Der Club war gesteckt voll. Wir saßen an einem Zweiertisch direkt vor der Bühne. Mit zehn Minuten Verspätung traten die Musiker auf, das *James Morrison Quartett*, zu Gast aus Australien, Brian Kellock am Piano, Kenny Ellis am Bass, Stu Ritchie an den Drums und natürlich Morrison selbst, der neben seiner Trompete und einer Posaune ein halbes Dutzend Schalldämpfer mit auf die Bühne brachte sowie ein großes Tuch, mit dem er seine Instrumente noch einmal aufpolierte, so dass sie im blaurosagrünen Scheinwerferlicht wie mit Strass besetzt funkelten.

Ich weiß nicht, ob es an meiner Anspannung lag oder an den Musikern, rechte Begeisterung kam jedenfalls nicht bei mir auf. Katelyn ging es ähnlich. Ich glaube sogar, dass sie zwischendurch eindöste. Morrison spielte technisch brillant. Er führte Kunststücke vor, die einem Laien unmöglich erscheinen mussten. Einmal entlockte er seiner Posaune polyphone Klänge, dann wieder hielt er die Trompete in der rechten, die Posaune in der linken Hand und spielte abwechselnd einhändig. Mit der Trompete gab er ein Motiv vor, das er dann auf der Posaune wiederholte, ohne deren Zug bedienen zu können. Das war erstaunlich. Es wirkte wie ein akrobatisches Kabinettstück, als wäre es ihm gelungen, die Gesetze der Physik außer Kraft zu setzen. Doch in all dem fehlte mir die Inspiration, die Beseelung, echte eigene Begeisterung, die von ihm auf das Publikum hätte überspringen können. Man hatte den Eindruck, da wäre ein Routinier am Werk, der zum hundertsten Mal ein Programm abspulte. Natürlich klatschten wir, und wir johlten sogar, als sich Kellock und Morrison bei einem Armstrong-Tribute dann doch noch gegenseitig zu einem rauschhaften Dialog aufschwangen. Aber die Highlights des Abends, den ich sonst eher als Enttäuschung hätte abbuchen müssen, waren Morrisons Conférence-Einlagen.

Kurz vor der Pause erzählte er zwischen zwei Stücken, dass er kürzlich den Wikipedia-Eintrag über sich gelesen habe. Er habe sich nicht etwa selbst gegoogelt – wer würde so etwas schon tun? – sondern sei bei Recherchen zu einem ganz anderen Thema auf Wikipedia gelandet und Klick um Klick schließlich unversehens zu dem Artikel gekommen, der ihn selbst – James Morrison – zum Gegenstand hatte. Unter der Überschrift *Trivia* habe er eine Geschichte gelesen, die er unbedingt korrigieren müsse.

Zugetragen habe sie sich nämlich so: Zum Auftakt des Davis-Cup-Finales zwischen Australien und Spanien, das 2003 in der Rod-Laver-Arena in Melbourne ausgetragen wurde, sollte Morrison die spanische Nationalhymne spielen. Wochen zuvor schon hatte man ihm die Noten zugeschickt. Die Tonart sei für die Trompete problematisch gewesen, aber er habe das Stück nicht transponieren wollen, weil er davon ausgegangen war, dass einige der anwesenden Spanier ihre Hymne würden mitsingen wollen. Also hatte er sich redlich gemüht und geübt und war bestens vorbereitet.

Es war, erzählte er, ein wenig schräg: Ich wusste nicht, wo ich hinschauen sollte. Dort stand das spanische Team und schaute zu mir herüber. Aber ich bin Australier! Ich hätte *unser* Team anfeuern sollen. Stattdessen spielte ich die Hymne der Spanier. Was soll's, sagte ich mir: Es ist ein Job. Ich wollte es gut machen. Dieses Stück sollte so etwas wie der verlängerte rote Teppich sein, auf dem wir die Spanier und ihren König willkommen hießen.

Ich spielte also, und alles lief wunderbar. Das Event wurde im Fernsehen übertragen. Hunderttausende Spanier und Australier und Tennisfans in aller Welt sahen zu. Der spanische König Juan Carlos saß auf der Tribüne. Als ich geendet hatte, winkte ich und trat ab. Alles war bestens. Oder etwa nicht?

Das war nicht die Hymne, flüsterte einer der spanischen Betreuer Morrison zu.

Wie bitte? fragte der zurück: Ich kann nichts verstehen, es ist so laut.

Tatsächlich schwappte von den spanischen Rängen das Johlen und Pfeifen einer entrüsteten Menge. Die Spieler auf dem Court blickten betreten zu Boden. Der spanische Botschafter wedelte in seiner Loge wütend mit der Faust, und auch der König wirkte nicht amüsiert. Morrison hatte die *Himno de Riego* der Zweiten Spanischen Republik gespielt, ein Kampflied, mit dem die Republikaner Anfang der 1930er Jahre Juan Carlos' Vorgänger aus dem Königspalast und ins Exil getrieben hatten. Das *war* wohl einmal die spanische Hymne gewesen, aber vor langer Zeit. In Spanien war das Lied wahrscheinlich seit dem Bürgerkrieg nicht mehr gespielt worden, wenn nicht sogar verboten.

Aber, stammelte Morrison: Sie haben mir gesagt, was ich spielen soll!

Der Kapitän des spanischen Teams trat vor und rief Morrison zu: Geh ja nicht weg! Wir werden nicht spielen, bevor wir nicht unsere Hymne gehört haben.

Kurz: ein Desaster. Irgendjemand hatte unterdessen eine CD mit der richtigen Hymne gefunden und spielte sie ab. Und bevor Morrison noch recht zu sich gekommen war, wurde er von der Security aus dem Stadion eskortiert und zum Flughafen gebracht.

Soweit die Geschichte, sagte Morrison und wischte sich mit dem Poliertuch den Schweiß von der Stirn. Und was steht in Wikipedia? Morrison spielte die falsche Hymne. Stimmt. Später räumte er in einem Interview ein, er hätte das Stück aus dem Internet gezogen.

Stimmt nicht! rief Morrison. Wie kommen die nur darauf?

Er habe überlegt, mit wem man sich wohl in Verbindung setzen müsste, um eine falsche Behauptung aus einem Wikipedia-Artikel entfernen zu lassen. Da sei ihm aufgefallen: Hey, jeder kann dort alles editieren. Man muss niemanden fragen. Also bearbeitete er den Beitrag kurzerhand und stellte richtig, dass Morrison – also er selbst – in diesem ganzen Fall nicht Täter, sondern Opfer gewesen sei. Man hatte ihm die Noten geschickt. Jemand anderes hatte den Fehler gemacht oder aber es genau so gewollt.

Das, schloss der Musiker seine Conférence, sei doch mal eine Segnung des technischen Zeitalters! Man stelle sich vor, dieser gefährliche Unsinn wäre in einem ledergebundenen Lexikon gedruckt erschienen. Er wäre das Stigma nie wieder losgeworden.

Das Publikum applaudierte. Ich applaudierte auch.

Peinliche Geschichten haben immer etwas Reizvolles. Katelyn allerdings legte unterm Tisch ihre Hand auf mein Knie. Sie sah mich an, und für einen Moment glaubte ich, sie würde, was ich noch nie erlebt hatte, tatsächlich weinen.

Was ist? fragte ich besorgt.

Nichts, sagte sie ruhig, hatte sich augenblicklich wieder gefasst und meinte: Ich habe mich nur eben gefragt, ob wir wirklich das Richtige tun.

Das tun wir, sagte ich, das tun wir sicher.

Der Abend klang aus mit einer Solo-Zugabe. Noch einmal spielte Morrison zwei Instrumente gleichzeitig. Auf der Trompete erklang das erste Jazz-Stück, das er als Junge auf dem Kornett zu spielen gelernt hatte. Dabei begleitete er sich selbst mit der linken Hand auf dem Klavier. Als würde ihn die Erinnerung an diese Zeit der stürmischen Entdeckungen noch einmal beflügeln, wuchs er über sich hinaus, und nachdem der Abend bis dahin durchwachsen gewesen war, gelang es dem Musiker mit diesem Stück doch noch, mich wirklich zu berühren.

Es war spät geworden. Wir gingen heim. Katelyn blieb bei mir, was nicht allzu oft vorkam. Aneinander geschmiegt schliefen wir ein und hatten beide eine ruhige Nacht, die letzte meines alten Lebens.

Wir erwachten gemeinsam, und auch als ich am nächsten Abend in der Klinik aus der Narkose heraufdämmerte, war es Katelyn, die neben mir saß. Sie hatte den Laptop auf den Knien, las und merkte nicht, dass ich die Augen geöffnet hatte.

Was liest du? fragte ich, und als hätte sie nicht Stunden

gebangt und gewartet und müsste sich nun erlöst fühlen, hob sie nicht einmal den Kopf.

Ich lese, sagte sie, den Artikel über Morrison. Er hat ihn tatsächlich editiert, aber seine Änderung wurde als Vandalismus eingestuft und abgewiesen, weil er keine Quellen angegeben hatte. Stattdessen steht da nun wieder, er habe die falsche Hymne über eine Tauschbörse im Internet gefunden und sich nicht darum gekümmert zu prüfen, was genau er sich da an Land gezogen hatte.

Und auf welche Quelle, fragte ich, beruft sich der Autor dieser Version?

Auf ein ABC-Interview, das online erschienen ist, sagte Katelyn: Witzig ist nur, dass in diesem Interview rein gar nichts von Tauschbörse steht, sondern vielmehr genau das, was Morrison gestern erzählt hat. Man habe ihm die Musik geschickt.

Auf das Zeugnis von Betroffenen ist halt kein Verlass, sagte ich. Katelyn lächelte, schloss den Laptop und stellte ihn beiseite.

Wie geht's? fragte sie.

Gut, antwortete ich. Ich kann dich sehen. Mit beiden Augen.

Es wird Zeit. Wenn ich jetzt nicht aufstehe, werde ich unweigerlich zu spät kommen. Aber ich bin schläfrig, ganz furchtbar müde und schlapp und dämmere immer wieder ein. So schön es auch ist, jeden Morgen vermeintlich im sonnigen Arkadien zu erwachen, ändert es doch nichts an der Tatsache, dass meine Nächte kurz sind, viel zu kurz. Seit Jahren schlafe ich zu wenig, und seit ich Minister bin, sind es kaum einmal mehr als vier, fünf Stunden. Dass ich morgens überhaupt aus dem Bett komme, verdanke ich dem UniCom und dem Umstand, dass mich meine liebgewonnenen Aufwachthemen unvermindert elektrisieren. Nur das Begehren vermag mich bei all der Übermüdung aus dem Schlaf zu reißen. Und nur das Begehren, denke ich, treibt mich aus dem Bett.

Vielleicht sollte ich Gier sagen. Das wäre passender, denn Begehren scheint mir zu sehr allein Sexuelles zu meinen. Das würde es nicht treffen. Sehe ich Katelyn und Lian in inniger Umarmung neben mir liegen, ist es neben Zuneigung und Zärtlichkeit natürlich auch Begehren, das mich ergreift und auf Touren bringt. Dass ich aber aufstehe, hat mehr mit dem Umstand zu tun, dass ich liebe, was mich erwartet, wenn ich aufgestanden bin – meine Arbeit – und dass ich liebe, was ich mir durch diese Arbeit als Zukunft ausmalen darf.

Von außen betrachtet mag es so scheinen, als wäre ich

ein Sklave der Corporation, immer im Dienst und selbst in den wenigen Stunden Nachtschlaf noch wie auf Abruf, in ständiger Bereitschaft. Aber das und genau das ist das Leben, das ich gewählt habe. Ich lebe einen Traum, indem ich in unserer Sache aufgehe, mich ihr ganz und gar widme. Diese Hingabe füllt jede Minute meines Lebens mit einem tiefen Sinn. Das ist keine Sklaverei, sondern, wie ich meine, die reinste Form vollständiger Freiheit. Die dicht aneinander gereihten Termine des Tages sind keine Tortur. Ich bin begierig darauf, die Dinge voranzubringen. Am liebsten hätte ich die Zukunft gleich heute und hier. Das ist es, was ich meine, wenn ich sage, es ist mehr Gier als Begehren. Das Begehren macht Pausen, Gier nicht. Begehren kann warten, Gier nicht.

Es ist allerdings auch nicht so, dass mein Leben nur aus Arbeit bestünde und ich meine Tage lediglich der Verheißung einer goldenen Zukunft wegen ganz der Corporation widme. Nein, auch die Gegenwart ist nicht zu verachten. Matanas Versorgungsplan, den er vor meiner Implantation von den Anwälten hatte aufsetzen lassen, war kein Versicherungsvertrag gewesen, sondern eher so etwas wie eine Wette. Unabhängig vom Ausgang des Experiments wurden mir fünf Prozent der Stammaktien der Firma übertragen. Das war bereits damals ein substantieller Betrag, und seither ist der Wert dieser Beteiligung nicht nur gestiegen, er ist geradezu explodiert. Ich kann heute über alle Annehmlichkeiten des Lebens verfügen, und da ich keine überzogenen Ansprüche habe, gelingt es mir nicht einmal, die Zinsen meines Vermögens zu verbrauchen. Ich habe ausgesorgt. Materiell bleibt mir nichts zu wünschen übrig, und entsprechend erstreckt sich meine Gier auf allerlei, aber nicht auf materielle Dinge.

Bei der Überschreibung meiner Anteile erfuhr ich seinerzeit ein wenig mehr über die Besitzverhältnisse der Firma. Matana und ich selbst waren die einzigen natürlichen Personen unter den Shareholdern. Die übrigen Anteile wurden von Stiftungen und anderen Unternehmen gehalten, die ihre Stimmrechte allesamt Matana übertragen hatten. Meine Beteiligung hatte also rein monetären Wert. Zu sagen hatte ich nichts. Matana regierte sein Reich wie ein König, ein wohlwollender, keineswegs tyrannischer Monarch, im Alleingang und als Einziger von uns allen, die für ihn forschten, im Besitz aller Informationen darüber, woran wir letzten Endes arbeiteten.

Matana behauptet noch heute, dass es allein Zufällen zuzuschreiben sei, dass unser Vorhaben eine so dramatische Wendung genommen habe und dass weder er noch irgendwer sonst, der in das Unternehmen investiert hatte, erwartet oder sich auch nur vorgestellt habe, dass aus der kleinen, feinen Forschungsfirma im Silicon Valley in nicht einmal zwei Jahrzehnten die größte Corporation des Landes werden würde – ein Unternehmen, das seine Größe einem einzigen Produkt verdankt. Dieses allerdings ist zum Fundament der Gesellschaft geworden. Über 70 Prozent der US-Bürger sind ihm wortwörtlich untrennbar verbunden. Sie tragen das Implantat der *United Communications Corporation*, den erwachsen gewordenen Nachfolger jenes Geräts, das seinerzeit mir implantiert worden war.

Ich weiß nicht, ob Matanas Behauptung stimmt. Einiges deutet darauf hin. Andererseits war uns Matana gedanklich immer einen Schritt voraus. Er war der eigentliche Visionär unter uns, und wenn es auch eine Reihe von Zufällen gewesen sein mögen, die schließlich zur Entwicklung des UniCom geführt hatten, hatte es in jedem Fall einen Mann wie Matana gebraucht, in diesen Zufällen das Potenzial zu entdecken, sie in Beziehung zueinander zu setzen und zu Komponenten eines Ganzen zusammenzufügen, das schließlich unsere Welt verändert hat. Meine Ideen, mein Beitrag und die Bereitschaft, meinen Körper für das Pilotprojekt zur Verfügung zu stellen, waren wohl notwendige Zutaten. Hinreichend wären sie nie gewesen, um es einmal unbeschönigt in der Sprache der Logik auszudrücken.

Wenn ich etwas bedauere, dann den Umstand, dass ich vom Forscher zum Manager mutiert bin. Ich verwalte und promote den Fortschritt, statt ihn technisch voranzubringen. Matana hat es für sich selbst nie so weit kommen lassen. Trotz seiner – nennen wir es einmal – Regierungsgeschäfte hat er die Technik nie aus den Augen verloren. Ich bin sicher, er könnte heute noch jedes Detail des UniCom erklären, den biologischen wie den technischen Part, wie die Datenströme fließen und wohin, wo und wie sie gespeichert und ausgewertet werden. Dabei ist die Datenverwertung mein Geschäftsbereich gewesen, und ich müsste am besten wissen, was genau wo mit welchen Daten der UniCom-Bürger dieses Landes geschieht, die ihre Kommunikationswege und damit vielleicht sich selbst der Corporation anvertraut haben. Aber weiß ich es tatsächlich am besten? Das bezweifle ich. Unterdessen muss ich es bezweifeln. Ich denke oft, das Geflecht der Kommunikationswege, der Datenpfade und Speicherorte und erst recht der Auswertungen, Haupt- und Nebennutzungen ist zu komplex geworden, als dass ein Einzelner wie ich es noch vollständig durchschauen könnte.

Ich wohne einige Kilometer außerhalb von San Felice in einer futuristischen Villa aus Glas, die wie ein Aussichtslokal mit Panoramablick auf einen Felsen der Steilküste gebaut wurde. Das Haus ist mein ganzer Stolz, ein architektonisches Juwel, dessen Fassaden ringsum vollständig aus Glas bestehen. Das Material ist ein Wunderwerkstoff. Er filtert unerwünschte Strahlung, und obgleich alle Räume lichtdurchflutet sind, bleiben sie dennoch angenehm kühl. Auf Knopfdruck färben sich Teile der Fensterfronten in beliebigen Schattierungen von Blau oder Braun oder verwandeln sich in Milchglaswände, die neugierige Blicke abschirmen, so dass das Haus, je nach Wunsch, entweder ganz und gar opak ist oder aber wie ein milchiger Quader erscheint, der nachts den Felsen, auf dem er steht, in ein mythisch anmutendes, weiches Licht taucht.

Ich kann mir keine schönere Art zu wohnen vorstellen. Zur einen Seite hin erstreckt sich endlos der Ozean. Schaue ich zur Landseite, fällt mein Blick auf die in einigen Meilen Entfernung aufragenden Wolkenkratzer der *United Communications Corporation*. Dazwischen liegt ein mehrere Quadratmeilen großer künstlicher Hain: Palmen, Kakteen, seltene Blumen und übers Jahr in allen nur erdenklichen Farben blühende exotische Bäume, Sträucher und Stauden, eine paradiesische Landschaft, nur hier und dort unterbrochen von Teichen, Kanälen und kleineren Felsformationen, die in dieser Landschaft wie sorgsam platzierte Skulpturen wirken.

Es mag sein, dass die Corporation ihr geradezu unglaubwürdiges Gedeihen tatsächlich, wie Matana es behauptet, einer Reihe von Zufällen verdankt. Dass ich dieses Haus auf der Klippe so und genau so habe bauen lassen, ist hingegen kein Zufall. Für mich steht es auf dieser Felsspitze am Meer wie eine Metapher für mein eigenes Leben, damals schon, als es noch nur vage in meiner Vorstellung existierte, und umso mehr heute, da ich seit Jahren darin lebe.

Es gab tatsächlich eine Zeit, in der ich mich, wenn schon nicht wie ein Sklave, dann doch wie ein Gefangener der Firma fühlte. Das war in den ersten Monaten nach der Implantation. Rund um die Uhr und sieben Tage die Woche stand ich unter Beobachtung. Ärzte waren um mich, Personenschützer. Das hatte ich vorher gewusst und akzeptiert, aber erst, als es so weit war, wurde mir klar, was es bedeutete, nie mehr allein, keine Minute des Tages mehr unbeobachtet zu sein. Natürlich war ich nun eine Art wertvolles Gut, das man beschützen musste – vor anderen und, wer konnte das wissen, vielleicht sogar vor mir selbst. Dass ich mit beiden Augen sehen konnte, als ich aus der Narkose erwacht war, bedeutete ja nur einen Teilerfolg. Niemand hatte Erfahrungen mit dem Implantat. Niemand konnte mit Sicherheit sagen, wie mein Körper langfristig darauf reagieren würde und mit welchen Effekten wir rechnen mussten, wenn es teilweise oder ganz abgestoßen werden sollte.

Ich war zu einem gläsernen Menschen geworden. So etwas wie Privatsphäre gab es nicht mehr. Ich konnte mich nicht einmal am Hintern kratzen, ohne dass es jemand mitbekam, ganz abgesehen davon, dass es noch andere Bedürfnisse gab, die sich nicht durch ein Kratzen befriedigen ließen und für die Zeugen mehr als entbehrlich waren.

War ich zunächst mehr als überrascht gewesen, dass Matana ausgerechnet Katelyn als Personal Trainerin für mich engagiert hatte, war ich nun froh, dass sie bei *Anderson, Pinchet & Laurie* kündigte und ganz in die Firma und in das Team wechselte, das mich zu betreuen hatte. So waren wir immerhin ab und an zu zweit allein. Ich stand zwar auch dann unter Beobachtung, aber es fühlte sich wenigstens an wie ein Date.

Überhaupt stellte sich Katelyn als überraschendes Multitalent heraus. Sie hatte Betriebswirtschaft studiert und war also für ihren Job bei *Anderson, Pinchet & Laurie* vollauf qualifiziert gewesen. Nebenbei, wenn nicht sogar eigentlich, war sie jedoch Informatikerin und mit den Forschungen über Systeme, wie wir sie entwickelten und nun erprobten, seit ihrem Studium vertraut. Matana hielt dies ebenso für einen Zufall, wie er meine erste Bewerbung als Programmierer in seinem *Thinktank* als Zufall betrachtet hatte. Zufälle über Zufälle? Es musste, dachte ich damals schon, eine sehr gezielt vorgehende, ordnende Hand im Spiel sein, damit alles sich so zusammenfand, wie es damals geschah.

Katelyn war Auditorin gewesen und hatte Matanas Firma kontrolliert. Nun überwachte sie mich. Natürlich nannten wir es nie so. Aber es war nicht zu leugnen. Dank Katelyn war ich täglich für einige Stunden von der Anwesenheit der Ärzte und Bodyguards befreit. Dass ich nie ohne Katelyn war, kam mir nicht schlimm vor, da ich sie liebte und es genoss, mit ihr zusammen zu sein. Es fiel mir tatsächlich sehr leicht, den Umstand auszublenden, dass sie, selbst wenn wir miteinander schliefen, in gewisser Hinsicht auch ihrer Arbeit nachging. Doch bei allem Geschick der Leugnung des Unleugbaren war mir dennoch klar, dass ich auf Dauer so nicht leben konnte.

Ich wurde nicht müde, über mein Gefangenendasein zu witzeln und mich zu beklagen. Anfänglich blieb Matana hart. Erst als Katelyn uns mit einer eigentlich naheliegenden Idee überraschte, auf die bis dahin dennoch niemand gekommen war, lenkte er ein und war bereit, meine Fesseln ein wenig zu lockern.

Wir gingen davon aus, dass die erste Phase der Erprobung gelungen war. Das Implantat war mit meinem Nervengewebe verwachsen. Mein Körper stieß es nicht ab, und nachdem ich nun über zwei funktionierende Augen verfügte, begann mein Gehirn, sich zu adaptieren. War die Welt für mich bislang plan wie eine Fotografie gewesen, wölbte sich das Bild nun auf in einen Raum. Ich begann, räumlich zu sehen. Diesem Adaptionsprozess galt Matanas größtes Interesse.

Um die Implantation hatte er sich wenig Sorgen gemacht. Er war sich sehr sicher gewesen, dass dieser Teil des Experiments ohne Komplikationen gelingen würde. Gesorgt hatte er sich hingegen um die Folgen für mein Wahrnehmungsvermögen. Er schilderte mir damals ein Experiment, das ein gewisser Roger Sperry in den 1940er Jahren an Salamandern durchgeführt hatte und dessen Ergebnisse, wie Matana meinte, dramatisch illustrierten, mit welchen Unwägbarkeiten wir es zu tun hatten.

Sperrys Wahl war damals auf Salamander gefallen wegen ihrer erstaunlichen Fähigkeit zur Regeneration. Für sein Experiment nämlich war es notwendig gewesen, den Tieren ein Auge zu entfernen. Sperry durchtrennte den Sehnerv und setzte das Auge, um 180 Grad gedreht, wieder in die Augenhöhle ein. Der Nerv regenerierte sich, und das Sehvermögen der Tiere kehrte nach einiger Zeit zurück. Das komplexe System funktionierte wieder, jedoch mit einem entscheidenden Unterschied.

Platziert man einen Wurm vor einem Salamander, schleudert er seine Zunge heraus, um die Beute zu fangen. Der Bewegungsablauf ist höchst präzise. Unfehlbar trifft die Zunge den Wurm. Nicht so jedoch bei den operierten Tieren. Legte Sperry ihnen einen Wurm vor, schleuderten sie die Zunge nicht nach vorn, in Richtung des Beutetiers, sondern in die Gegenrichtung, nach hinten, um genau den Winkel versetzt, um den Sperry das Auge gedreht hatte, bevor es dem Tier wieder eingesetzt worden war. Die Salamander waren nicht mehr in der Lage zu jagen. Sie hätten gefüttert werden müssen – oder wären verhungert.

Roger Sperry hatte mit diesem Experiment nicht nur gezeigt, dass der Sehnerv sich regenerieren und funktionstüchtig wieder mit dem Auge verwachsen kann. Er hatte auch feststellen müssen, dass die manipulierten Tiere nicht in der Lage waren, sich an die veränderte Wahrnehmung anzupassen.

Das Experiment hatte Matana bereits als Student fasziniert. Es schien ihm zu belegen, dass es so etwas wie eine objektive Wahrnehmung der Wirklichkeit, eine von jeglichem Beobachter unabhängige Realität, nicht gibt. Vielmehr sei ein Organismus lediglich in der Lage, die umgebende Welt in der Art wahrzunehmen, die der Organismus selbst durch seine Struktur zulässt. Ändert man die Struktur, ändert man für das Tier die Wirklichkeit. Der Wurm sitzt für den Salamander nicht mehr dort, wo ihn der menschliche Beobachter platziert hat.

Ich fand diese Interpretation nicht sofort einleuchtend. Gut, der Salamander hatte einen Fehler gemacht. Er traf den Wurm nicht mehr. Aber hätte er nicht aus dem Fehler lernen, sich mit jedem Züngeln ein Stück näher an die Beute herantasten können, um sie schließlich doch zu fangen?

Offenbar, hatte Matana geantwortet, kann er das nicht, weil ihm die Fähigkeit fehlt, sein Beobachten zu beobachten, also mit einem von seiner eigenen Wahrnehmung unabhängigen anderen System sein vergebliches Züngeln zu kontrollieren und die Differenz zwischen diesen Wahrnehmungen zu reflektieren.

Der Salamander, hatte Matana gemeint, müsste sprechen können, um wieder sehen zu lernen.

Das Implantat, das ich trug, funktionierte nicht wie ein menschliches Auge. Es bedeutete, wenn man so wollte, einen größeren Eingriff als das Rotieren der Augen bei den Salamandern. Matana war sich sicher gewesen, dass ich nach der Operation mit beiden Augen würde sehen können. Nicht sicher hingegen war er gewesen, *was* ich sehen würde. Mit meinem künstlichen Sehsinn befand ich mich, seiner Theorie zufolge, nun auch in einer künstlichen Welt. Sie mochte der Welt, die er selbst sah, ähneln. Dieselbe jedoch, meinte er, sei es nicht.

Bislang hatte ich gelegentlich Wein neben das Glas geschüttet, weil ich nicht räumlich sehen konnte. Musste ich nun damit rechnen, den Wein daneben zu schütten, weil es das Glas, das ich sah, gar nicht gab oder es zumindest nicht dort stand, wo ich es vermutete?

Das ist Theorie, war Matana ausgewichen: Es sei unwahrscheinlich, dass wir es mit solch dramatischen Differenzen zu tun bekämen. So unwahrscheinlich, dass es nicht lohne, sich darüber Gedanken zu machen. Uns, meinte er, würden weniger dramatische Veränderungen meiner Wahrnehmung Kopfzerbrechen bereiten.

Und die wären? hatte ich gefragt.

Farbanomalien etwa, sagte er und überraschende Effekte durch die für mich nun nach und nach dreidimensional plastisch werdende Welt. Aber, setzte er hinzu, wir seien auf dergleichen vorbereitet und nicht so hilflos wie Sperrys Salamander. Zum einen verfügte ich zweifellos über Sprache und Reflexionsvermögen. Außerdem habe das Team einen ganzen Maschinenpark parat, um meine Wahrnehmung zu beobachten und die Bilder, die ich sah, mit den von meinem Wahrnehmungsvermögen unabhängigen Bildern zu vergleichen, die etwa eine Kamera aufnehmen würde, die sich auf die gleichen Gegenstände – Farbtafeln, geometrische Figuren, Körper, was auch immer – fokussiere, die man mir vorlegen würde.

Hätten diese Überlegungen mich beunruhigen sollen? Vielleicht. Aber das taten sie nicht. Ich war damals neugierig wie ein kleines Kind und ging arglos und furchtlos an die Entdeckungen heran, die ich machte. Wenn es damals gelegentlich eine Regung wie Angst gegeben haben sollte, muss ich sie so gründlich verdrängt haben, dass ich mich nicht mehr daran zu erinnern vermag. Die Erscheinungen, auf die ich mich Matana zufolge einstellen musste, waren anderer Natur als die Pan-Vision, die mich im Salon des goldenen Drachen überkommen hatte – gänzlich unerwartet, kaum zu erklären und vor allem deswegen so beängstigend. Sah ich ein Glas, würde ich davon ausgehen können, dass es auch tatsächlich vor mir stand. Und wenn ich den Wein daneben goss, wäre es kein Drama. An derartige Fehlleistungen war ich schließlich gewöhnt.

Jene Beobachtung der Beobachtung war es jedenfalls, weswegen ich nicht nur wie ein Häftling überwacht wurde, sondern auch tatsächlich mehrere Stunden des Tages wie in Ketten gefesselt zubringen musste, nämlich verkabelt mit den Maschinen, die aufzeichnen sollten, was ich sah und was ich hätte sehen sollen.

Für mich bedeuteten diese Sitzungen Stunden tödlicher Langeweile, aber auch Matana war mit der allzu laborartigen Versuchsanordnung alles andere als glücklich. Ich wollte frei sein. Er wollte Schluss machen mit den Trockenübungen, mich Bäume sehen lassen statt Bildern von Bäumen, einen echten Regenbogen statt der Farbspektrenkarten, die man mir vor die Augen hielt.

Mussten wir denn nicht lediglich das Problem der Aufzeichnung lösen?

Es war, wie gesagt, Katelyn, die uns schließlich auf die Idee brachte, auf die keiner von uns Vollblutforschern gekommen war. Sie hatte oft genug Späße gemacht über mein innig anmutendes Verhältnis zu meinem Smartphone, mit dem ich, wie sie es ausdrückte, geradezu symbiotisch verbunden zu sein schien. Natürlich benutzte ich es gelegentlich zum Telefonieren. Aber ich ließ mich auch wecken von ihm und an Termine erinnern. Ich las die Nachrichten und sah fern damit, surfte im Web, las und schrieb Mails, checkte das Wetter und die Regenwahrscheinlichkeit, buchte Flüge, führte Buch über mein Pushup-Programm, wickelte meine Bankgeschäfte ab, nahm Fotos, Videos und Sprachnotizen auf, wenn ich mir unterwegs etwas merken wollte, ich chattete und verschickte Blumen damit, ließ mich in unbekannten Gegenden navigieren, bestellte Bücher und las sie, ebenso Zeitungen, Zeitschriften und die letzten interessanten wissenschaftlichen Veröffentlichungen meiner Kollegen.

Was wir bräuchten, meinte Katelyn, sei nur ein Bruchteil davon. Wir müssten die audiovisuellen Daten aufzeichnen und auf die Rechner des Forschungsteams übertragen können. Sie nahm mein Smartphone und hielt es vor den verdutzten Kollegen in die Luft. Das Problem sei eigentlich schon gelöst. Wir müssten uns lediglich um die Ergonomie kümmern und um eine brauchbare Schnittstelle zwischen dem Implantat und dem Smartphone, das damit tatsächlich smart, wenn auch endgültig kein Telefon mehr sein würde.

Zugegeben, die Umsetzung gestaltete sich für die Ingenieure etwas schwieriger, als Katelyn es sich ausgemalt hatte. Aber ich nehme an, das haben visionäre Ideen so an sich. Sie haben es allerdings ebenso an sich, ihre Protagonisten zu begeistern und zu kreativen Höhenflügen anzustacheln. So war es auch hier. Es dauerte nicht einmal fünf Monate, bis ich den ersten Prototypen erproben durfte.

Es handelte sich um eine Brille mit etwas grobschlächtigen Bügeln, was damals jedoch sogar der Mode entsprach. Kameras und Mikrofone waren in den vorderen Scharnieren untergebracht, die Mobilfunkkomponenten in den Bügeln, die hinter den Ohren den Kontakt zum Implantat herstellten. Dieser Prototyp zeichnete nicht nur die Bilder der Kameras und die Audiosignale der Mikrofone auf, sondern auch die Bilder und Klänge oder vielmehr die Neuroimpulse, die mein Nervensystem über das Implantat erreichten. Anders als mein Smartphone verfügte der Prototyp jedoch über keinen Speicher. Alle Daten wurden über eine permanente Verbindung ins System des Hauptquartiers übertragen. Die Aufzeichnungen des Geräts wurden dort gespeichert, zusammen mit den in Bilder und Töne decodierten Neuroimpulsen, die das Implantat übermittelt hatte.

In den ersten Wochen der Entwicklung hatte jemand aus dem Team Matana vorgeschlagen, er solle sich mit Apple in Verbindung setzen. Immerhin warteten die Jobs-Jünger damals im Bereich der Smartphones mit den innovativsten Ideen auf. Matana lehnte ab. Wem, wenn nicht ihm selbst, sollte es gelingen, die besten Köpfe und Ideen für dieses Projekt zusammen zu bringen?

Als der Prototyp jedoch funktionierte, zögerte er nicht mehr, Verabredungen zu treffen, mich und das Gerät in geheimen Meetings mit ausgewählten Vorständen großer Unternehmen vorzuführen, um Unterstützung zu bitten und über eine Strategie zu verhandeln, die allen Beteiligten einen Fensterplatz im Express in die Zukunft sichern würde. Binnen weniger Wochen hatte er nicht nur Jobs, Zuckerberg und die Grin-Brüder überzeugt, er hatte auch *AT&T* im Boot und ein Dutzend Banken und hochkarätige Anwaltskanzleien. Ein Konsortium wurde gegründet, aus dem kurz darauf die *United Communications Corporation* hervorging. Ein Jahr später gingen wir an die Börse.

Wir schafften die SIM-Karten ab und damit die Gewaltenteilung zwischen Mobilfunkanbieter und Geräthersteller. Dank des Implantats waren die *Subscriber Identification Module* entbehrlich geworden. Statt an einen Mobilfunkvertrag war der Nutzer nun an das Gerät und dessen Hersteller gebunden. Das Implantat identifizierte den Nutzer zweifelsfrei im Netz. Ein Missbrauch durch andere war nicht möglich, denn man konnte es weder verlieren, noch konnte es gestohlen werden, ohne den Träger schwer zu verletzen und das Implantat zu zerstören.

Wir lösten das schwerfällige, von Satelliten abhängige *Global Positioning System* ab, das bis dahin für Navigationszwecke und zur Ortung benutzt worden war. Unser *High Definition Positioning System* nutzte die Zelleninformationen des immer dichter geknüpften mobilen Datennetzes, von WiFi-Hotspots und anderen Sendeanlagen, über die zumindest eines der in der Corporation zusammengeschlossenen Unternehmen frei verfügen konnte. Damit ließ sich die Position eines UniCom-Implantats bis auf den Meter genau interpolieren.

In der dritten Generation wog das Gerät fast nichts mehr. Es sah aus wie eine randlose Brille mit federleichten Titanbügeln, und die Brillen gehörten schon bald zum Straßenbild wie in den Nuller-Jahren des Jahrhunderts die weißen Kopfhörer der Generation iPod.

Als wir schließlich mit der vierten Generation des kommerziellen UniCom damit warben, dass die Kunden lediglich für die Implantation aufkommen müssten, von da an jedoch völlig kostenfrei über alle Kommunikationsdienste verfügen könnten, war das Sterben der Mobilfunkunternehmen und Handyproduzenten endgültig besiegelt. Feindliche Übernahmen waren nicht nötig. Die Konkurrenz verschwand einfach vom Markt, weil sich kaum noch jemand für ihre Produkte interessierte. Wer in Wissenschaft und Technik etwas konnte, wechselte spätestens jetzt zur Corporation, und so dauerte es nur wenige Jahre, bis die Brillen nicht mehr notwendig waren und die extrem miniaturisierten Komponenten des UniCom vollständig implantiert werden konnten. Sichtbar blieb nur noch das pulsierende blaue Licht der Indikatoren an den Schläfen der UniCom-Träger, und deren Zahl wuchs unaufhaltsam.

Zufälle? Wie man es nimmt. Am Anfang stand ein Prototyp-Träger, der sich gefangen fühlte und die Ketten des Maschinenparks abstreifen wollte. Katelyn hatte die rettende Idee, wie das zu bewerkstelligen sei. Matana erkannte die Chance, aus dem Forschungsprojekt ein Produkt zu machen. Die maßgeblichen Entrepreneure des Landes sahen das Potenzial, investierten, brachten sich und die Dienste ihrer Unternehmen ein, und so begann das neue Zeitalter – ohne blutige Revolution und nennenswerte Widerstände. Die Kunden rannten uns die Türen ein. Man wollte dazugehören. Irgendwann gab es kaum noch jemanden, der zurückbleiben, nicht dabei sein, auf das blaue Pulsieren hätte verzichten wollen.

Ich muss, ich muss, ich muss aufstehen. Um diese Zeit habe ich für gewöhnlich schon gefrühstückt und trainiert, stehe mit geschlossenen Augen entspannt unter der Dusche und verfolge übers UniCom die neuesten Nachrichten. Aber kann ich nicht einmal nachlässig sein, im Bett bleiben und von hier aus verfolgen, was in der Welt vor sich geht?

Ich kann. Das muss erlaubt sein, gelegentlich jedenfalls.

Ich höre den Jingle der Corporation, und kaum hat der erste Beitrag begonnen, habe ich gar keine Lust mehr, aufzustehen und aus dem Haus zu gehen.

Assange hat ein Interview gegeben, wieder einmal. Er protestiert gegen die Transparenz-Gesetze, die wir letzten Monat verabschiedet haben. Es ist die übliche Farce. Er greift tief in die rhetorische Trickkiste, beschwört Orwell, bezeichnet die Corporation als *Big Brother Trust* und behauptet, wir hätten nunmehr endgültig die Schreckensvision der Televisoren zur flächendeckenden Realität gemacht.

Weiß der Mann überhaupt, wovon er redet? Soweit ich mich erinnere, waren die Televisoren ein Instrument der Unterdrückung. Wir unterdrücken nicht. Wir sind Dienstleister, informieren, helfen und unterhalten. Dass wir damit Geld verdienen, ist nicht ehrenrührig. Und dennoch packen mich seine Vergleiche an der Ehre. Woher nimmt er die Chuzpe? Er ist ein Ex-Sträfling und aus mir nicht nachvollziehbaren Gründen seit seiner Entlassung in diesem Land lediglich geduldet.

Die Gesellschaft kann ein Problem als Problem erkennen und dennoch akzeptieren. Wenn man ihr dies nicht zugesteht, erhebt man sich über sie, als wäre man etwas Besseres. Assanges Rhetorik erinnert mich unangenehm an die politische Debattenkultur vor der Jahrhundertwende. Sie ist de facto nicht weniger manipulativ als einige unserer Angebote. Assange aber will der Gutmensch sein. Er stellt uns als skrupellose Geschäftemacher und unsere Kunden als Kommunikationsvieh dar, als hielte er die Millionen dort draußen ausnahmslos für dumm. Das regt mich auf, denn sie sind es nicht. Sie kennen das Produkt und das System, auf das sie sich einlassen, wenn sie es sich implantieren lassen. Tatsächlich haben sie die Themen längst abgehakt, mit denen er immer wieder kommt.

Es ist erstaunlich, dass ein ehemaliger Apostel der Transparenz sich heute derart gebärdet. Immerhin war er es, der seinerzeit die US-Botschaftsdepeschen veröffentlicht hat, und ich kann mich nicht erinnern, darüber aus seinem Mund jemals ein Wort des Bedauerns gehört zu haben. Wie er diese gedankliche Kehrtwendung hinbekommen hat, wüsste ich wirklich gern.

Ich kann nicht begreifen, warum wir das überhaupt ausstrahlen.

Von nicht nennenswerten Widerständen habe ich gesprochen. Assange gehört dazu, er und seine Community, deren Trailerpark nicht einmal zehn Meilen Luftlinie von meinem Haus entfernt liegt. Ab und an, wenn ich in die Stadt fahre, komme ich an dieser Insel der Gestrigen vorbei. Sie ist umzäunt mit stacheldrahtbewehrten Wellblechzäunen. Über dem Schiebegittertor wölbt sich ein Bogen aus schmiedeeisernen Lettern. Wenn ich ihn sehe, muss ich immer an die Bilder der deutschen Lagertore denken. Nur steht hier nicht *Jedem das Seine* oder *Arbeit macht frei*, sondern: *Mein Weg ist mein Weg.*

Insgeheim nenne ich diese Leute *Last Order Amish*, weil sie wie im vorletzten Jahrhundert leben und sicher keine Zukunft haben. Sie verweigern sich dem unvermeidlichen Fortschritt und leben bereitwillig – wenn auch nicht schweigend, was zu begrüßen wäre – mit den Folgen ihrer Entscheidung.

Schon vor Jahren war es schwierig, ein Auto zu versichern, wenn man kein UniCom trug. Die Gesellschaften waren nicht bereit, das erhöhte Risiko eines Fahrers zu tragen, der sehr wahrscheinlich nicht über hundert Prozent Seh- und Hörfähigkeit verfügte. Heutige Neuwagen lassen sich ohne UniCom gar nicht mehr starten. Also wohnen diese Leute zwar in Wohnmobilen oder altersschwachen Vans, dürfen sie aber nach geltendem Verkehrsrecht nicht fahren. Wenn sie die Siedlung verlassen wollen, müssen sie die Pferde anspannen oder zu Fuß gehen. Ein Taxi könnten sie nur nehmen, wenn sie eins rufen könnten und einen Fahrer fänden, der bereit wäre, einen Anonymen mitzunehmen, der sich nicht per UniCom identifizieren kann.

Assange schimpft weiter. Man würde den Anonymen jedweden Job verweigern. Aber auch das ist irreführende Agitation. Welcher Arbeitgeber sollte sich einen Angestellten ans Bein binden, der zwar vielleicht noch ein Konto hat, aber nicht elektronisch zahlen kann, wie es das Gesetz vorschreibt, der weder Auto fahren noch am öffentlichen Nahverkehr teilnehmen kann? Bis vor Kurzem hielt der Bus am Tor nur einmal am Tag, und nun, da die Transparenz-Gesetze in Kraft sind, gar nicht mehr. Anonyme dürfen nicht mehr befördert werden. Niemand will einen potenziellen Terroristen neben sich im Bus sitzen haben. Und damit immerhin muss man rechnen, denn aus welchem Grund sollte jemand anonym bleiben wollen, wenn es nichts zu verbergen gibt? Die neuen Gesetze stellen keine böswillige Ausgrenzung dar, sie sind vielmehr *Ultima Ratio*, ein Gebot der öffentlichen Sicherheitsinteressen.

Assange sieht in alldem ein tyrannisches Zwangssystem.

Das ist absurd. Wenn 70 Prozent der Bevölkerung nicht nur Ja sagen, sondern für ihr Ja auch noch begeistert bezahlen, halte ich das für ein erdrückend eindeutiges demokratisches Votum. Wäre ich nicht zufällig der Erste gewesen, der ein UniCom trug, hätte ich später sicher nicht gezögert. Keiner aus dem Team hat das getan, auch Matana nicht. Selbst Katelyn, die jahrelang Kontaktlinsen getragen und sich schließlich hatte lasern lassen, weil sie Brillen hasste, das randlose UniCom-Modell mit Titanbügeln trug schließlich sogar sie.

Kommunikation ist das Erdöl unserer Tage. Die Corporation hat dieses Land vor dem Untergang bewahrt. Dass der Staat die zweite Bankenkrise und den Absturz der Währung überstanden hat, ist allein der Corporation zu verdanken. Wir haben wieder etwas anzubieten, das die Welt braucht: grenzenlose und für den Bürger kostenfreie Kommunikation. Wir können uns aussuchen, mit welchem Staat wir kooperieren. Letztes Jahr wurden wir mit Australien und Indien handelseinig, Europa bewarb sich kurz darauf, und morgen reisen die Chinesen an. Man muss kein Prophet sein, um vorauszusagen, dass der Corporation gelingen wird, was bislang Utopie war: die Welt unter einem Banner zu vereinigen, weil die Welt teilhaben will, aus freien Stücken und ohne jeden Zwang.

Das ist nicht weniger als eine unvermeidliche Revolution, ein unaufhaltsamer zivilisatorischer Quantensprung. Und Assange redet von Tyrannei?

Kein Gesetz verpflichtet zur Implantation. Kein Gesetz verbietet, das Implantat entfernen zu lassen. Wenn Assange über Ausgrenzung klagt, sollte er bedenken, dass es die Anonymen sind, die sich für ein Leben außerhalb der Gesellschaft entschieden haben, und dass es für jeden von ihnen einen Weg aus der beklagten Misere gibt. Zum nächsten UniCom-Center kommt man auch von der Siedlung aus bequem zu Fuß, und die Corporation hat ausgelobt, für jeden, der auf diesem Weg die Exklave und die Anonymität verlassen möchte, die Kosten der Implantation zu tragen.

Ich selbst habe das UniCom immer als ein Kunstwerk begriffen, noch dazu als eines, das seinerseits Kunstwerke hervorzubringen vermag, ganz so wie das Hayman-Gemälde, vor dem ich damals mit Katelyn versunken gestanden hatte: ein Bild im Bild, aus dem die Protagonisten heraussteigen – Imaginationen, die zu Wirklichkeit werden. Hatte es das jemals zuvor gegeben?

Bereits am ersten Tag, nachdem ich die Verkabelung mit dem Maschinenpark losgeworden war, ahnte ich, was für ein Geschenk ich mir selbst gemacht hatte.

Ich ging mit Katelyn aus, über Mittag, nichts Aufwendiges. Wir fuhren in die Stadt zum Esssen. Katelyn kannte ein italienisches Lokal, in dem im Sommer auch draußen, in einem malerischen Patio unter Bäumen, serviert wurde. Dort wollte sie mit mir hin. Die Sonne brannte, und obwohl eine Brise vom Meer her wehte, ächzte die Stadt unter drückender Hitze. Man trug so wenig, wie es der Anstand gerade noch zuließ, und ging in offenen Schuhen. Wo man hinschaute, Sandalen, Peeptoes, raffinierte Schnürkreationen und Flipflops in allen nur erdenklichen Variationen.

Auch Katelyn war leicht bekleidet. Sie hatte sich im Auto auf der Rückbank umgezogen. Ich musste warten und durfte erst schauen, als sie verwandelt aus dem Fond geklettert war und sich vor mir drehte wie ein Backfisch, der einer Freundin ein neues Outfit vorführt.

Sie hatte ihr Businesskostüm gegen eines meiner weißen Hemden getauscht, unter dem sie keinen BH trug. Das Hemd musste sie aus meinem Schrank stibitzt haben. Es war ihr ein wenig zu groß. Die Ärmel hatte sie umgeschlagen, den Saum aufgerollt und überm Nabel verknotet, so dass die engen, verwaschenen Bluejeans-Shorts, die sie dazu ausgesucht hatte, auch ja nicht verdeckt wurden. Mein Blick fiel, wie ganz sicher gewünscht, auf den geliebten Hintern, die skandalös attraktiven Beine und – Katelyns Füße, die in einem Nichts von Sandalen steckten, eigentlich nur eine Ledersohle mit Schlaufe für den großen Zeh und dünnen Lederbändern, die von der Ferse mehrmals wie achtlos um die Fessel geschlungen und seitlich verknotet waren. Das *French* auf ihren Nägeln war frisch und makellos, und den silbernen Ring auf ihrem rechten mittleren Zeh kannte ich ebenso wenig, wie ich Katelyn bis dahin je in so legerem Outfit gesehen hatte.

Darf man pfeifen? fragte ich.

Zwecklos, antwortete sie: Aber wenn du dich wie ein Gentleman benimmst, darfst du mitfahren.

Sie stieg ein und ließ den Motor an. Sprachlos schlich ich ums Auto, öffnete die Beifahrertür und folgte ihrem einladenden Winken. Dass ich nicht fahren durfte, war an diesem Tag ein Glück für mich und ein Glück für uns beide. Wie gewünscht behielt ich meine Hände bei mir. Aber ich löste meinen Blick keine Sekunde von Katelyns Füßen. Das war *mein* Glück, und unser beider Glück bestand darin, dass

Katelyn fuhr, denn ich hätte uns, derart abgelenkt, kaum unfallfrei in die Stadt bringen können.

Katelyn genoss die Wirkung ihrer unangekündigten Verwandlung sichtlich und mit einem Hauch von Schadenfreude, da sie sich Abstand ausgebeten hatte und genau wusste, was das für mich bedeutete. Im Patio des Lokals hörte das Spiel nicht auf. Sie setzte sich nicht etwa mir gegenüber an den Tisch, sondern über Eck neben mich, schlug die Beine übereinander, wippte mit dem Fuß und bewegte ab und an ein wenig die Zehen, was auf mich wirkte, als hielte sie mir ein Bündel reifer Trauben direkt vor den Mund. Erst als der Kellner die Karte gebracht hatte und wieder verschwunden war, nahm sie meine Hand, beugte sich zu mir herüber und gestattete mir einen Kuss.

Ich dachte, sagte sie, du magst nur deine eigenen Füße ...

Die Spitze sah ich ihr nach. Ich war bereits für alle denkbaren Frechheiten im Voraus entschädigt. Was ich gegessen habe, ja ob ich überhaupt etwas gegessen habe, weiß ich nicht mehr, wohl aber, dass ich die Aufpasserin, die mich an diesem ersten kettenlosen Tag seit meiner Implantation begleitete, ohne Ermüden mit Blicken verschlang, bis wir wieder auf dem Parkplatz der Firma angekommen waren und Katelyn sich auf dem Rücksitz des Wagen in Windeseile aus dem Sommermädchen wieder in die Businessfrau verwandelte.

Den ganzen Nachmittag über saß ich mit geschlossenen Augen an meinem Schreibtisch und versuchte, das Bild ihrer Füße festzuhalten: die schlanken, langen Zehen, die Adern, die fein auf dem Fußrücken hervortraten, den winzigen silbernen Ring und die weißen Nagelspitzen im gekonnt überzeichneten und so nur noch natürlicher wirkenden Kontrast mit dem Blassrosa der Nägel und der leichten Bräune ihrer Haut. Es war hoffnungslos. Das Bild, wusste ich, würde verschwinden. Es war nur eine Frage der Zeit. Der Augenblick war vorüber und würde nicht zurückkehren. Meine Erinnerung daran würde blasser und blasser werden und schließlich kein Bild mehr sein, sondern nur noch meine Beschreibung davon.

Als ich schon verzweifeln wollte, weil mir nichts anderes übrig blieb, als mich damit abzufinden, kam ich auf eine Idee. Das UniCom, das ich seit kaum einem Tag trug, hatte unser Date schließlich aufgezeichnet. Die Bilder, die ich so unbedingt vorm Verblassen retten und für mich bewahren wollte, lagen sicher verwahrt im System unseres Teams. Ich konnte sie abrufen und mir ansehen, sooft ich es wollte, heute, jetzt gleich sogar, nächste Woche oder in zehn Jahren.

Während ich mich darüber ganz einfach nur diebisch freute, überwältigte mich ein anderer Gedanke. Schlagartig war mir klar geworden, woran keiner aus dem Team zuvor gedacht hatte: Ab sofort würde mir keine Erinnerung mehr verloren gehen. Ich könnte sie abrufen, unverblasst, wann immer es mir gefiel. Ich würde nichts mehr vergessen, es sei denn, dass ich es wollte.

Ich habe es zugegeben: Es ist Begierde, was mich antreibt und antrieb, heute wie damals. Einer der vielen Zufälle, auf die Matana sich so gern beruft, bestand also in meiner Vorliebe für schöne Füße im Allgemeinen und Katelyns im Besonderen. Diese Vorliebe war der Katalysator, der dem UniCom die vielleicht wichtigste Zutat bescherte.

Ich sah mir die Aufzeichnung wieder und wieder an und genoss das Schwelgen in der Erinnerung an die Mittagsstunden mit Katelyn in dem idyllischen Patio unter Bäumen. Aber wenn ich auch wusste, dass mir die Erinnerung auf diese Weise erhalten bleiben würde, blieb doch etwas zu wünschen übrig. Es bestand ein gewaltiger Unterschied zwischen dem Betrachten eines Videos und der lebendigen Wahrnehmung in dem Augenblick, als sich all das ereignet hatte, dessen Aufzeichnung ich mir nun ansah. Dabei waren wir doch in der Lage, die Impulse der Wahrnehmung am Implantat abzugreifen, sie zu übertragen, zu decodieren und abzuspeichern wie einen Film. Sollte es dann nicht auch möglich sein, die Daten in der Gegenrichtung zu bewegen? Man müsste den Film zum UniCom übertragen, in Neuroimpulse übersetzen und diese ins Implantat einspeisen. Dann würde, nahm ich an, der Eindruck entstehen, man sähe und hörte mit eigenen Augen und Ohren, was tatsächlich lediglich eine Aufzeichnung war.

Ich hatte an Katelyns Füße gedacht, als ich das Team in meine Überlegungen einweihte. Matana dachte an das Produkt. Die Rückkoppelung, wie wir es schließlich nannten, war die entscheidende Zutat, um den *Communicator* wirklich *universell* zu machen. Das Implantat konnte das Display ersetzen, indem es, ähnlich den Headup-Displays in Autos, wie ein In-Head-Display fungierte. Man konnte lesen mit geschlossenen Augen. Man konnte Musik hören ohne Kopfhörer oder Lautsprecher. Man konnte die Nachrichten verfolgen in Bild und Ton – wie ich gerade dieses unsägliche Assange-Interview – und natürlich konnte man sich auch in die lebendige audiovisuelle Wahrnehmung eines Augenblicks zurückversetzen, den man selbst zuvor aufgezeichnet hatte. Das genau war es, was noch gefehlt hatte, und wie sich herausstellte, fiel es uns leichter, dieses Feature zu implementieren als die meisten anderen Funktionen zuvor.

Es ist sicher so, dass die Rückkoppelung das UniCom erst zum finalen Produkt werden ließ. Dass es umgehend so guten Absatz fand, wage ich zu behaupten, verdankte es ebenfalls diesem Feature und dem Umstand, dass die Rückkoppelung Möglichkeiten eröffnete, die sexuelle Begierden weckten.

Natürlich sah ich Katelyns Füße mit großem ästhetischem Vergnügen an, vor allem aber – wer wollte das leugnen? – weil mich der Anblick erregte. Im Grunde genommen, handelte es sich bei meiner Aufzeichnung aus dem sonnigen Patio um einen pornografischen Clip. Viele Technologien hatten zuvor schon der Pornografie ihren Durchbruch zu verdanken gehabt, das Videoformat VHS etwa oder die DVD. Die Pornoindustrie hatte diese Medien favorisiert. Nach deren Produkten bestand rege Nachfrage und also auch nach Playern, die die entsprechenden Kassetten und Silberscheiben abspielen konnten. Beim UniCom war es nicht anders. Als ich Katelyn zum ersten Mal eine Aufnahme unseres Liebesspiels zeigte und ihr erklärte, dass ich, wenn ich die Aufzeichnung über mein UniCom abspielte, zumindest mit zwei meiner Sinne ganz in die Situation hineintauchen könnte, antwortete sie: Das will ich auch.

Es würde mich nicht wundern, wenn dies der Moment gewesen sein sollte, in dem sie sich entschloss, sich ebenfalls ein UniCom implantieren zu lassen.

Die Pornoindustrie, die damals wegen der vielen freien

Quellen im Netz kränkelnd darniederlag, sprang mit Begeisterung auf den Zug auf. Auch die Hollywood-Studios witterten früh eine gewaltige Chance. Das 3-D-Kino hatte bereits für einen Boom gesorgt, da es die Illusion, live dabei zu sein, perfektioniert hatte. Die Möglichkeiten des UniCom gingen darüber noch weit hinaus. Man konnte ein und denselben Film in vielen Variationen erleben, eine Szene mehrfach aus dem Blickwinkel verschiedener Akteure verfolgen. Man war nicht einfach nur wie dabei, sondern spielte mit, und Erfahrungen wie diese haben Suchtpotential. Da ging es plötzlich um Gier statt einfach nur um Begierde. Man kaufte nicht mehr ein Kino-Ticket, um einmal einen Film zu sehen, sondern bezahlte für das Verschmelzen mit einem der Protagonisten, einmal diesem, einmal jener, sinnliche Erfahrungen, die etwas ganz und gar Unwiderstehliches an sich hatten.

Das brachte Geld. Es brachte viel Geld. Die Corporation ging auf Shopping-Tour: Filmstudios, TV-Networks und Patente für Technologien, die sich bis dahin nicht hatten durchsetzen können, in Verbindung mit dem UniCom aber doch noch zur ihrer eigentlichen Bestimmung fanden. Sprach- und Bilderkennung, auf beliebige Flächen projizierbare Tastaturen, an die Augenbewegungen gekoppelte Zeigegeräte, die eine herkömmliche Computermaus ersetzen konnten – das alles holte Matana unter das Dach der Corporation, die es ins UniCom integrierte. Das Implantat wurde zum universellen mobilen Computer, der so gut wie nichts wog, den man immer dabei hatte und der permanent auf Empfang war, verbunden mit der gesamten digitalen Welt.

Ich fürchte, in den Annalen der Corporation wird man dieses pikante Detail später nicht finden. Tatsache aber ist, dass es Katelyns Füße und mein obsessives Vergnügen an ihnen waren, die dem UniCom das Feature bescherten, das es zum Verkaufsschlager machte und der Corporation ungezählte Wege eröffnete, indirekt über das UniCom Geld zu verdienen. Nein, die Kunden zahlten nicht mehr für die Kommunikation. Selbst das Implantat hätte man ihnen schenken können. Die Einnahmequelle waren die Inhalte, die die Kunden auch noch zum großen Teil selbst erzeugten und kosten- und damit tributpflichtig weitergaben. Das Geld wuchs gewissermaßen auf den ungeheuren Bergen von Daten, eingesammelt von Millionen Geräten und gespeichert in den Datenzentren der Corporation.

Genau auf diesem Punkt reitet Assange in seinem Interview nun herum. *Mein Weg ist mein Weg*, skandiert er das Motto vom Bogen über dem Tor der Exklave. Es gefällt ihm nicht, dass wir über die Bewegungsprofile der UniCom-Bürger verfügen. Es gefällt ihm nicht, dass wir wissen, wer wann wo ist und was jemand gesehen und gehört hat. Auch die Rückkoppelung gefällt ihm nicht und der seiner Meinung nach skandalöse Umstand, dass wir Werbebotschaften in die Replays einstreuen oder den Blick eines Implantierten im Supermarkt auf ein bestimmtes Produkt fokussieren können. Am wenigsten gefällt ihm, dass man das UniCom in der neuesten Version als Vollimplantat nicht mehr abschalten kann, womit er wieder einmal den Bogen schlägt zu den Orwellschen Televisoren.

Es ist ermüdend. Eigentlich hasst er das Implantat in allen seinen Funktionen. Er hasst die Corporation und letztlich auch das Volk, das seinen überzogenen Kassandrarufen so wenig folgen mag, dass wir ein Interview wie dieses bedenkenlos ausstrahlen können. Er agitiert und agitiert, aber man hört ihm nicht zu. Mich wundert das nicht. Er ist ein Anonymer, ist es immer gewesen, und so sehr er sich auch echauffieren und rhetorisch in Szene setzen mag, ist doch jedem UniCom-Bürger klar, dass er ahnungslos ist, dass er wie ein Blinder von Farben redet. Er hat nie erfahren, wie es sich anfühlt, in der Haut eines anderen zu stecken, und er ist nie gedriftet.

Ich selbst hatte lange kein Wort dafür, bis die Community schließlich eines prägte, das, wie ich fand, den Zustand recht treffend umschrieb. Glaubte man den Berichten aus der Community, machten nicht alle UniCom-Bürger diese Erfahrung. Ich vermute allerdings, dass viele lediglich nie bemerkt haben oder nicht wahrhaben wollten, dass auch sie schon einmal gedriftet waren.

Gemeint war der Zustand der Täuschung, wenn man mit den Wahrnehmungsimpulsen einer Rückkoppelung verschmolz, im Replay aufging, sich darin verlor, so dass man überzeugt war, sich keineswegs in der Wiedergabe einer früheren Aufzeichnung zu befinden, sondern das, was man hörte und sah, tatsächlich gerade zu erleben. Ich habe früh diese Erfahrung gemacht und sie nie als bedrohlich oder auch nur irritierend empfunden. Ich sah darin vielmehr ein wahres Geschenk, einen überraschenden und faszinierenden Aspekt des Kunstwerks, das ich in mir trug und das mir, wie ich feststellte, tatsächlich erlaubte, in andere Welten zu wechseln.

In Haymans Bild im Bild war Pan aus dem Gemälde in die Wirklichkeit gestiegen. Beim Driften stieg ich aus der Wirklichkeit ins Bild, und das einzig Irritierende daran hätte sein können, dass ich laut Matana nicht wusste, ob ich nicht vielleicht nur von einem Bild in ein anderes wechselte. Aber das spielte keine Rolle.

In der Anfangszeit meines UniCom-Lebens war ich für Replays allein auf meine eigenen Aufzeichnungen angewiesen, und diese beförderten das Driften sogar, viel mehr als etwa Spielfilme oder Aufzeichnungen anderer, mit denen ich es später gelegentlich versuchte. Wahrscheinlich hing es damit zusammen, dass ich die Situationen, in die ich abglitt, tatsächlich selbst einmal durchlebt hatte. Mein Gehirn, ja mein ganzer Körper hatte womöglich noch eine schwache, wie verschüttete Erinnerung an das einmal Erlebte und reagierte deswegen stärker auf die reproduzierten Sinneseindrücke. Dafür spricht, dass die Intensität des Driftens umso stärker, die Illusion echten Erlebens umso authentischer war, je stärker die Emotionen gewesen waren, die die ursprüngliche Erfahrung hervorgerufen hatte. Es ist also nicht verwunderlich, dass es ein sexuelles Replay war, das mir mein erstes Erlebnis des Driftens bescherte.

Ich kniete hinter Katelyn, hielt fest ihre Hüften und stieß langsam und tief, wie sie es besonders mochte. Ich bewunderte den Flaum winziger blonder Härchen in ihrem Nacken, beugte mich vor und blies darauf, um zu sehen, wie sich die Haare unter dem Lufthauch aufstellten. Dann leckte ich, ohne meinen Griff oder den Druck mit dem Becken zu lockern, über ihren Hals, und obwohl doch das Uni-

Com nur den Anblick und unser schweres Atmen aufgenommen haben konnte, roch ich sie und schmeckte ihren Schweiß. Ich fühlte deutlich die Kontraktionen ihrer Flanken unter meinen Händen und ihres Schoßes, der mich badete und umklammerte. Das mochte ein Replay sein, aber ich driftete, und mein Orgasmus war, wie ich später feststellte, nachweislich echt. Dabei hatte ich auf dem Sofa gelegen, bekleidet, und Katelyn war nicht bei mir.

Als ich ihr davon erzählte, erregte es sie ungemein. Sie wollte die Aufzeichnung sehen und schmollte, dass sie sie nur auf dem Bildschirm verfolgen konnte und nicht, wie ich, in *UniComScope*, ganz wie im Augenblick des ursprünglichen Erlebens.

Unser Sexleben nahm eine neue Wendung, und keiner von uns beiden hatte Grund, sich darüber zu beklagen. Zu wissen, dass ich uns mit meinen Augen filmte, während wir vögelten, uns leckten und miteinander rangen, heizte uns beide an. Immer öfter verlegten wir unsere Liebesspiele in Katelyns Allerheiligstes, den Trainingsraum, denn die verspiegelten Wände erlaubten es uns, die Freude an unseren Körpern und an unserer Lust so zu zelebrieren, dass wir uns im Replay von allen Seiten sehen konnten, in Nahaufnahmen und in Totalen, ein Spiel, das wir bis zur absoluten Erschöpfung treiben konnten, um es dann, eng umschlungen auf dem Sofa liegend, Revue passieren zu lassen. Katelyn liebte dieses Nachspiel, und ich liebte es auch, und wenn ich, was nicht selten geschah, dabei ins Driften geriet, erregte und elektrisierte es mich noch einmal und nicht weniger stark, als es das wirkliche Spiel zwischen den Spiegeln zuvor getan hatte.

Ja, ich bin sicher, dass es Gier war, die Katelyn nicht auf das erste brillenlose UniCom-Modell warten ließ, obwohl sie Brillen so sehr hasste. Sie wollte und wahrscheinlich konnte sie ganz einfach nicht länger warten. Sie war, das gab sie offen zu, neidisch auf meine Erfahrung des Driftens. Außerdem malte sie sich immer wieder aus, wie es sich für sie anfühlen würde, unsere Spiele im Replay noch einmal zu erleben, während sie mit *meinen* Augen sah und mit *meinen* Ohren hörte.

Daran hatte ich zuvor noch gar nicht gedacht. Ich war so sehr gefangen in dieser Attraktion einer neuen Art des Erlebens, dass ich wenig Energie auf Phantasien darüber verwendete, was uns möglich sein würde, wenn auch Katelyn an diese neue Welt angeschlossen wäre. Hätte ich nur vage geahnt, was wir erleben würden, hätte mich allein die Erwartung womöglich schon um den Verstand gebracht. Katelyn hatte jedenfalls fest damit gerechnet, dass wir in eine neue Dimension des erotischen Erlebens eintauchen würden, und so begierig darauf gewartet, dass sie sich, als sie nach der Implantation zu mir kam, schon an der Tür zu entkleiden begann und über mich herfiel.

Ich fand, dass sie übertrieb und neckte sie. Obwohl es mich einige Anstrengungen kostete, hielt ich sie hin. Nur nach und nach überließ ich ihr das eine oder andere Kleidungsstück und zog mich immer wieder zurück, wenn sie mich überwältigen wollte. Wir küssten uns, lösten uns wieder voneinander und schlichen umeinander herum. Jeden Quadratzoll unserer Körper tasteten wir mit Blicken ab, um uns schließlich doch wieder aufeinander zu stürzen.

Wie beiläufig griff ich in ihren Schoß und lächelte, weil ich fühlen konnte, wie sehr das Warten sie quälte. Die Hose zog ich im Wohnzimmer aus, während Katelyn in sicherer Entfernung auf dem Boden kauerte, wie ich ihr befohlen hatte. Noch einmal tat ich, als würde ich mich abwenden und den Raum verlassen. Doch ich hielt es selbst nicht mehr aus, kniete mich hin, schob provozierend das Becken vor und beugte mich nach hinten.

Ich lockte sie mit dem Zeigefinger. Auf allen vieren schlich sie sich wie eine Pantherin an, und wie eine Katze mit ihrer Beute spielt, spielte sie nun mit mir, um mich für mein Hinhalten zu bestrafen.

Sie streichelte mich mit ihren Fingerspitzen, mit den Nägeln, ihrem Haar und mit der Zunge. Sie machte mich nass und ließ meinen Schwanz durch ihre eng geschlossenen Hände gleiten. Dabei sah sie mich provozierend an. Dann massierte sie meinen Damm mit gekonnten, kreisenden Bewegungen der Daumen, während ihre Zunge und ihre Lippen mich bis an die Schmerzgrenze reizten. Doch wenn ich zu zucken begann, verweigerte sie mir ihren Mund, lehnte sich zurück und beobachtete, ohne mich zu berühren, wie mein Beinaheüberschäumen pulsierend abebbte.

Sie drehte sich um, kniete nun über mir und senkte ihren Schoß wie in Zeitlupe in Reichweite meiner Zunge. Sie wusste zu gut, wie gern ich sie ansah, sie roch und schmeckte, sie leckte, an ihr saugte und aus ihr trank. Sie wusste, wie heftig es mich selbst erregte und wie sehr ich es genoss, wenn ihre Schenkel sich verkrampften und mich an sie pressten, um mich Sekunden später wieder freizugeben, so dass sie sich ein wenig zurückziehen konnte, gerade so weit, dass meine Zunge sie noch erreichte und zärtlich abtupfen konnte.

Einen Augenblick lang glaubte ich, sie hätte sich ergeben. Dann ging sie erneut ans Werk und wiederholte ihr hinterhältiges Spiel.

Ich versuchte, sie zu überlisten, das Zittern meiner Bauchmuskeln zu beherrschen, jede verräterische Vorwarnung zu unterdrücken, aber sie wusste, was sie tat. Sie kannte mich und verstand es, auf die Regungen meines Körpers zu lauschen und die Zeichen richtig zu deuten, und so dehnte sie meine Qual genüsslich aus.

Auch als sie sich schließlich auf mich setzte, bewegte sie sich langsam und hielt immer wieder inne. Sie ließ nicht zu, dass ich mich selbst bewegte, und während ich einmal mehr die Segnungen ihres trainierten Beckenbodens spürte, presste sie meine Handgelenke, um mich daran zu hindern, sie zu berühren oder gar zu überwältigen, so dass ich die Oberhand hätte gewinnen können. Es war, als würde sie mich wieder und wieder einer Welle entgegentragen, um mich, kurz bevor sie brach, hochzuheben, so dass ich nur das Prickeln der Gischt spürte, während sie sich dem Ansturm des brechenden Kamms und dem Sog des in der Tiefe zurückflutenden Wassers hingab.

Irgendwann stand sie ohne jede Ankündigung auf, stellte ihren Fuß auf meine Brust und verkündete: Die Beute muss warten. Grinsend tänzelte sie in die Küche, um etwas zu trinken.

Ich hoffte, sie würde zu mir zurückkommen und mich endlich erlösen, aber sie hatte etwas anderes im Sinn. Als sie sich abgekühlt hatte, ging sie an mir vorbei, legte sich aufs Sofa und schloss die Augen.

Ich will dich, sagte sie, aber so entspannt und dabei diabolisch lächelnd, dass es nur eines heißen konnte: Sie wollte nicht mich, sondern was ich gesehen und gehört hatte. Sie wollte in meinen Triumph des Hinhaltens tauchen, das Funkeln der liebevollen Niedertracht in ihren eigenen Augen sehen, ihren geöffneten Schoß betrachten, wie sonst nur ich ihn sah, und sie wollte auf den Wellen der qualvollen Lust treiben, die sie mir beschert und die sie zur Strafe so unendlich ausgedehnt hatte, dass es kaum auszuhalten gewesen war.

Sie wollte driften, in mir, in meinem Replay.

Du darfst auch, ermunterte sie mich: Aber bleib, wo du bist!

Also tauschten wir die Rollen, zum ersten von ungezählten Malen. Es war eine Offenbarung, wie ich sie mir nicht hatte vorstellen können, ein Erlebnis innigster Intimität. Im Replay des anderen verschmolzen wir miteinander, wie Sex allein es nie vollbracht hätte. Man kann nicht den ganzen Tag nur spielen, aber es gab Tage, da hätten wir am liebsten nichts anderes getan.

In jener Zeit hätten wir uns nicht vorstellen können, dass es etwas geben sollte, das uns noch mehr Lust bescheren könnte als das gemeinsame Driften in den Replays des anderen und natürlich die Spiele, die wir zur Herstellung unserer opiatähnlichen Droge zelebrierten. Aber Begehren macht Pausen und kann warten. Begehren ist auch einmal befriedigt. Gier nicht. Wir waren wohl tatsächlich zu so etwas wie

Süchtigen geworden, bekamen nicht genug und gierten nach mehr und nach Neuem. Dabei probierten wir allerhand, was man mit zwei Körpern anstellen kann, mit und ohne Hilfsmitteln und an den verschiedensten Orten.

Wirklich verheißungsvoll waren nur unsere Bondage-Versuche.

Wir hatten Unmengen von Seilen gekauft, in rot und schwarz, Wildseide, Baumwolle und Hanf, in verschiedenen Stärken und Längen. Mehrere Abende verbrachten wir mit dem Studium von Bildbänden und einschlägigen Websites und weitere Abende mit dem Üben von Knoten, die einerseits fest halten, sich aber bei Bedarf auch einhändig sofort wieder öffnen lassen mussten. Dann übten wir aneinander, erst mit einfachen Fesselungen von Händen und Füßen und mit Seilbandagen, bevor wir uns an die ebenso komplizierten wie kunstvollen Shibari-Bondages wagten, die uns in einem Bildband, den Katelyn extra aus Japan hatte kommen lassen, besonders gefielen.

Wir waren überrascht, wie wohltuend es sich anfühlen konnte, dem anderen hilflos ausgeliefert zu sein, dabei aber ohne jeden Zweifel zu wissen, dass man nichts zu befürchten hatte. Nach einer solchen Session in die Replays des anderen einzutauchen, war besonders erfüllend. Die Druckmuster der Seile waren noch zu sehen, der Körper hatte den Druck und das Reiben des Hanfs auf der Haut und die erzwungene Unbeweglichkeit noch nicht vergessen, und während also die Sensation noch frisch war, konnten wir zusehen, wie wir einander gefesselt und mit kunstvollen Mustern drapiert hatten.

Dass wir auf Shibari gekommen waren, war sicher kein

Zufall. Die Fixierung auf unsere Körper, die wir in vielen Trainingsstunden so geformt hatten, wie wir es liebten, hatte etwas Narzisstisches an sich, nur dass sich der Genuss am Schauen und Berühren auf den eigenen wie auf den Körper des anderen bezog.

Schauen, schauen, ja, ich glaube, wir liebten uns vor allem mit den Augen. Und wir genossen den Anblick des anderen und ebenso, vom anderen mit Blicken verschlungen zu werden. Wahrscheinlich war das auch der Grund, weshalb wir irgendwann die Phantasie ausspannen, es einmal unter den Blicken von vielen, von Fremden zu tun.

Ich weiß wirklich nicht mehr, wer es zuerst aussprach, aber das war auch nicht von Belang, denn wir hatten beide schon länger daran gedacht und lediglich gezögert, es dem anderen einzugestehen. Wir waren erleichtert und wenig später frustriert, weil es so schien, als wäre diese Phantasie schwieriger in die Tat umzusetzen, als Shibari zu lernen. Wir wussten, dass es Clubs in der Stadt gab, in denen beinahe alles möglich war. Diese Clubs aber hatten eines gemeinsam: Wer ein Implantat trug, hatte keinen Zutritt. Also mussten wir nach etwas Privaterem suchen. Das war ein Hindernis, aber kein unüberwindbares.

Das Netz beherbergt Communities für alles und jeden, und wir fanden schließlich auch eine, die Leuten mit Uni-Com half, dennoch Verabredungen zu Gruppenspielen zu treffen, an exklusiven Orten, bei strengster Diskretion. Man brachte dort kultivierte Leute zusammen, von denen kein Einziger es geschätzt hätte, Replays der Spiele irgendwann in öffentlichen Kanälen wiederzufinden. Der Service war teuer, und alles brauchte seine Zeit. Man musste sich einem der Mitarbeiter bei einem Treffen an neutralem Ort persönlich vorstellen, vereinbarte Nicknames und besprach in aller Offenheit, wonach man suchte und wonach keinesfalls. Bei der Drohung, die schlussendlich in gleicher Offenheit ausgesprochen wurde für den Fall, dass man die Diskretion verletzen sollte, fragte ich mich, ob sie wirklich ernst gemeint sein konnte oder bereits zur Inszenierung gehörte, an der teilzunehmen man gerade vereinbart hatte. Wir stimmten jedenfalls den Bedingungen zu und erhielten wenig später per Kurier eine Einladung zu einem, wie es hieß, hedonistischen Fest Gleichgesinnter. Wo es stattfinden würde, erfuhren wir nicht. Man würde uns abholen und auch wieder nach Hause bringen.

So geschah es auch.

Ich mochte Katelyn ja am liebsten barfuß und nackt. Für diesen Abend hatte sie sich jedoch sehr aparte Dessous ausgesucht, über denen sie nur einen leichten Mantel trug, dazu High Heels, die den Namen wirklich verdienten und beim Schreiten, denn nichts weniger war es, ihre trainierten Beine fantastisch zur Geltung brachten. Ich hatte mich für einen weißen Leinenanzug entschieden, nur Hose und Jackett, sonst nichts.

Wir waren bereit. Die Limousine kam zur vereinbarten Zeit, und da die Fondscheiben des Wagens von außen und innen verspiegelt waren, wussten wir nicht, wohin man uns fuhr. Wir waren fast eine Stunde unterwegs. Als wir ausstiegen, fanden wir uns auf einem Privatanwesen wieder mit einer zweistöckigen, nicht eben prunkvollen Villa inmitten eines gepflegten Gartens.

Drinnen erwartete uns ein Buffet. Dienstfertige Stewards und junge Damen in Dienstmädchenkleidung reichten Champagner, führten die Ankommenden durch die Räume und machten sie, wenn es gewünscht wurde, mit anderen Anwesenden über ihre Nicknames bekannt. So kam man schnell ins Gespräch, und nach der anfänglichen Anspannung angesichts des ungewissen Neuen war die Stimmung schon bald sehr gelöst.

Das gesamte Haus durfte bespielt werden. Es gab Zimmer für beinahe jede Vorliebe und jeden Geschmack. Wir hatten vereinbart, uns fürs Erste nur umzuschauen, also zu spannen, wie wir uns vorgestellt hatten, später selbst bespannt zu werden. Mir fällt kaum eine Spielart körperlicher Vergnügungen ein, die wir in dieser Nacht nicht hätten beobachten können.

In einem Raum blieben wir länger stehen. Auf einem runden Wasserbett ließ sich eine zierliche Frau von drei Männern verwöhnen, die sie in keiner Weise schonten. Sie war sehr klein, eine Asiatin. Genauer konnte ich es nicht sagen, denn das Licht war gedimmt. Sie kam mir vor wie in Trance, in einer Art seligen Entrückung. Sie leckte versonnen und saugte, während ihr Körper unter den abwechselnden Stößen ihrer Mitspieler und sechs zupackenden und streichelnden Händen bebte. Ich hätte stundenlang zuschauen können. Das war alles andere als ein roher Akt. Ich nahm an, dass die vier sich kannten. Sie bewegten sich und wechselten die Positionen, als wäre es ein Tanz, den sie einstudiert hatten und nun mit traumwandlerischer Sicherheit Figur für Figur wiederholten.

Katelyn nahm meine Hand und wollte näher herangehen, aber ich hielt sie zurück, weil ich glaubte, wir könnten, wenn wir zu nahe kamen, lediglich stören. Dann aber gab ich doch nach, und wir traten ein, zwei Schritte näher an das Bett heran. Die Frau lag nun auf dem Rücken. Eine kräftige Hand hielt ihre Beine, an den Fesseln überkreuzt, in die Höhe. Ich sah ihre glänzende, geschlossene Scham und den stämmigen nassen Schwanz, der sich darunter zwischen den gespreizten Backen langsam, aber doch unerbittlich bewegte, sich zurückzog und provozierend innehaltend präsentierte, bevor er mit einer erneuten Bewegung, die eher ein Gezogenwerden als ein Stoßen war, wieder in ihr verschwand. Ihr Stöhnen klang erschöpft, aber sie drängte sich doch immer wieder ihrem Mitspieler entgegen, und direkt vor meinen Augen wippten im Takt der Bewegungen ihre zierlichen Füße auf und ab.

Es mochte verrückt sein, aber ich war überzeugt, diese Füße zu kennen. Konnte das sein? Konnte es wirklich sein? Waren es diese Füße gewesen, die vor Jahren einmal auf meinen grausig verspannten Schultern gestanden hatten?

Ja, ich war mir sicher. Das waren die Füße der Chinesin aus dem Thai-Salon, in den mich Matana geschickt hatte. Nur hatte damals ein blaues Kleid mit einem goldgestickten Drachen den Körper verhüllt, der sich nun so nackt, offen und schutzlos unseren Blicken präsentierte.

Ohne mich von der Szene abzuwenden, neigte ich mich zu Katelyn und flüsterte: Das glaubst du nicht!

Katelyn antwortete nicht. Ich sah sie an und bemerkte, dass sie selbst wohl zu versunken in den Anblick war. Allerdings schaute sie nicht auf die Füße der Chinesin. Ich konnte es kaum glauben. Die beiden Frauen sahen sich direkt in die Augen.

Katelyn zitterte plötzlich. Gänsehaut überzog ihren Arm, und während ich mich noch fragte, ob sie sich womöglich fürchtete oder doch eher von Lust übermannt war, zog sie mich aus dem Raum. Es kam mir fast vor, als würde sie fliehen. Am Buffet tranken wir einen Schluck und aßen ein paar Früchte. Als wäre nichts geschehen, wirkte Katelyn wieder ruhig. Nur das kaum merkliche Zittern ihrer Oberlippe und die Schweißtröpfchen an ihrem Hals verrieten ihre Erregung.

Wir sagten kein Wort und setzten unseren Rundgang fort. Das Zimmer, in das wir als nächstes kamen, war orientalisch eingerichtet, der Boden mit schweren Teppichen bedeckt und mit Seidenkissen übersät. Ich hatte richtig beobachtet. Katelyn wollte nicht mehr nur schauen. Sie dirigierte mich in die Mitte des Raumes. Wir legten uns hin und küssten uns, sehr lang und zärtlich.

Zunächst waren wir allein. Als wir uns auszogen und begannen, uns zu lieben, merkten wir erst gar nicht, dass sich Zuschauer einstellten, und als uns schließlich auffiel, dass wir nicht mehr allein waren, fanden wir uns geradezu umringt von gut einem Dutzend Neugieriger, die unser Spiel beobachteten und vielleicht auch bewunderten, wie wir es uns in unseren Phantasien ausgemalt hatten. Sie hielten Distanz, so dass man im schummrigen Licht kaum ein Gesicht deutlich ausmachen konnte. Wir fühlten uns ganz unter uns und trieben es doch unter den Augen vieler.

Nach einer Zeit löste sich ein Schatten aus diesem äußeren Kreis. Es war die Chinesin. Sie kam langsam näher und kniete sich neben uns. Dann beugte sie sich hinab. Ihr langes schwarzes Haar fiel über Katelyns Gesicht. Die Frauen küssten sich. Ich hielt inne und beobachtete sie, verdutzt und berührt zugleich.

So lernten wir Lian kennen.

Von jener Nacht an war sie ein Teil unserer Beziehung. Sie besuchte uns regelmäßig, einmal bei Katelyn, dann wieder bei mir. Parties wie jene, auf der die Frauen einander entdeckt hatten, besuchten wir nicht mehr. Aber wir spielten zu dritt, das heißt: Die Frauen spielten und bezogen mich mit ein.

Katelyn war ebenso überrascht gewesen wie ich, dass sie sich überhaupt und noch dazu so schnell und so stark zu einer Frau hingezogen fühlte. Sie genoss es in vollen Zügen, und ich gönnte es ihr, auch wenn ich nicht immer ganz frei von Eifersucht war. Mitunter glaubte ich, dass ich nur mitspielen durfte als Entschädigung für meine Bereitwilligkeit, Katelyn zu teilen. Ich bin sicher, die beiden hätten mich gelegentlich gern einmal entbehrt. Aber wir hatten ein Agreement ausgehandelt. Keiner von uns traf sich allein mit Lian, und das gemeinsame Driften blieb Katelyn und mir vorbehalten. Das hatte ich zur Bedingung gemacht, denn diesen Teil unseres erotischen Erlebens wollte ich mit niemandem teilen.

Lian erzählte uns, sie sei vor Jahren aus Shanghai in die Staaten gekommen. Der Massagesalon mit den Lotusblüten im Schaufenster gehörte ihr. Sie führte ihn allein und behandelte tatsächlich nur Kunden, die sie bereits kannte oder die ihrerseits auf persönliche Empfehlung eines Stammkunden kamen.

Nach Matana fragte ich nicht.

Wir nahmen an, dass der Salon nicht ihr einziges geschäftliches Standbein war. Wo und wie Lian wohnte, wussten wir nicht. Aber sie fuhr ein rotes Jaguar Vintage-Cabrio, das bestens in Schuss war. Wenn wir gemeinsam ausgingen, war sie immer sehr elegant gekleidet und trug wenig, aber teuren Schmuck. Ich glaube nicht, dass ein Salon wie ihrer genügend abwerfen konnte, um auch nur ihre Accessoires zu finanzieren. Aber auch dies gehörte mit zu unserem Deal: Wir mussten nicht alles von ihr wissen. Sie war der Gast in unserer Beziehung, ein Besucher, der gelegentlich kam und nie länger blieb als einen Tag oder höchstens einmal ein Wochenende. Dann hatten wir wirklich arkadische Momente. An einem solchen Wochenende ist die Aufnahme entstanden, mit deren retouchiertem Replay ich mich heute noch so gern wecken lasse.

Unser Pakt hielt mehrere Monate – bis Lian eines Tages verschwand. Ihr UniCom war offline. Sie musste das Land verlassen haben. Warum und wohin, das haben wir nie erfahren.

Ich war unaufmerksam. Die Erinnerungen an Lian, unser Kennenlernen, die Monate zu dritt und das jähe Ende haben mich ablenkt. Einen Teil des Interviews habe ich nun verpasst.

Was soll's? denke ich. Es hätte mich ohnehin nur aufgeregt.

Der Reporter dankt Assange und bittet ihn um ein Schlusswort. Es würde mich nicht wundern, wenn er noch einmal das Motto der Exklave skandieren würde, womöglich noch mit hoch erhobener geballter Faust. Aber er lächelt nur, zum ersten Mal während dieses Interviews.

Ich habe alles gesagt, schließt er: Fragen Sie doch Ed Rosen, was er zu tun gedenkt. Er ist am Zug, meinen Sie nicht?

Ich schrecke auf. Was ist da los? Habe ich etwa nach all dem Geplapper doch noch etwas Wesentliches versäumt?

Die Kamera zoomt von Assanges Gesicht in die Totale, und der Reporter spult die Abmoderation ab.

Dieses Interview, höre ich, wurde heute Morgen in der Exklave bei San Felice aufgezeichnet, nachdem bekannt geworden war, dass der langjährige CEO der *United Communications Corporation* und Spiritus Rector der UniCom-Entwicklung, Professor Juan Matana, in sein Heimatland Chile ausgereist ist. Vor seiner überraschenden Abreise, die von Regierungsstellen und dem Hauptquartier der Corporation als Flucht bezeichnet wurde, hatte sich Matana in einer Videobotschaft an seinen langjährigen Mitarbeiter und heutigen Minister für Kommunikation und Bürgerbeziehungen Ed Rosen gewandt.

Ich richte mich auf und merke, wie mir der Schweiß ausbricht, als Matanas gebeugte Gestalt eingeblendet wird. Kein Zweifel, er ist es. Er steht am Fuß einer Gangway, auf den Stock mit dem Kolibri-Knauf gestützt. Hinter ihm steigt ein Mann die Treppen zum Flugzeug hinauf, irgendwie schwerfällig, und er scheint Hörner zu haben.

Da stimmt etwas nicht, denke ich, da stimmt etwas ganz grundsätzlich nicht!

Matana hält eine Switchbox in die Kamera und sagt einen einzigen Satz.

Schalten Sie ab, Rosen, schalten Sie ab!

Dann blendet das UniCom aus.

Also hatte ich recht, im Bett zu bleiben und mit dem Gedanken zu spielen, heute gar nicht mehr aufzustehen und aus dem Haus zu gehen? Im Hauptquartier muss die Hölle los sein. Das *Security Department* wird mit Sicherheit bereits ermitteln. Ich verstehe gar nicht, warum mich niemand angerufen oder nach mir geschickt hat.

Das mag einen Grund haben, den ich für ungeheuerlich hielte. Vielleicht nehmen sie an, ich sei in die Sache verstrickt, und wollen mich lediglich in Sicherheit wiegen. Wo ich mich aufhalte, wissen sie ohnehin, und selbst wenn mein UniCom ihnen nicht übermitteln würde, dass ich im Bett liege, könnte ich doch nicht fliehen.

Der idyllische Garten zwischen mir und den Hochhäusern des Hauptquartiers ist von übermannshohen Mauern umgeben. Wollte ich fort, müsste ich ihn durchqueren und durch zwei bewachte Schleusen das Firmengelände erst betreten und dann wieder Richtung Stadt verlassen. Unbemerkt dürfte das kaum gelingen. Oder ich spränge ins Meer und würde schwimmen. Das hätte ebenso wenig Aussicht auf Erfolg. Vor der Küste kreuzen nicht nur die zum *Security Department* gehörenden Patrouillen, sondern auch die Küstenwache und die Schnellboote des FBI, die mich allesamt vor unerwünschten Eindringlingen schützen sollen. Unfehlbar würden sie mich aus dem Wasser fischen. Man braucht mich gar nicht zu verhaften. Mein Kastell aus Glas ist sicher. Ich sitze bereits in der Falle und bin bestens bewacht.

Allerdings gibt es noch eine andere Möglichkeit, warum sich noch niemand bei mir gemeldet hat. Träfe diese Vermutung zu, würde sie mich in nicht geringere Irritation stürzen, aber immerhin wäre ich nicht in Gefahr. Zumindest glaube ich das.

An dem Interview, das ich eben gesehen habe, besonders an dem Schlusssatz und der Abmoderation, stimmte tatsächlich einiges nicht, ganz zu schweigen von Matanas vermeintlich öffentlicher Botschaft an mich. Zwei Details haben mich stutzen lassen, von denen die Öffentlichkeit nichts wissen kann und nichts wissen darf. Das eine hätte nie und nimmer die Zensur passiert, von dem anderen wussten bislang nur wenige, Matana, ich selbst und zwei Techniker, die schon lange mit anderen Aufgaben betraut sind. Konnte es denn sein, dass eine gestern noch als streng geheim eingestufte Information aus dem Hauptquartier heute auf diesem Weg veröffentlicht wurde – über die Videobotschaft eines vermeintlich flüchtigen Abtrünnigen, den man für einen Verräter, wenn nicht gar Schlimmeres halten muss?

Das lässt sich leicht überprüfen. Ich vergewissere mich, dass meine sichere Verbindung ins Hauptquartier noch besteht. Das tut sie. Keiner meiner Zugänge wurde gesperrt.

Wie ich vermutet hatte, sind alle Informationen über die Switchbox nach wie vor klassifiziert. Sie in einer Nachrichtensendung zu erwähnen, ja sogar zu zeigen, wäre Hochverrat und zumindest innerhalb der Corporation justiziabel, nach den Bundesgesetzen vermutlich nicht minder.

Die Switchbox ist ein Gerät, dessen Existenz nur einem überschaubaren Kreis Eingeweihter bekannt ist: Managern der Corporation, Mitgliedern der Regierung, Bundesbeamten und Mitarbeitern der Geheimdienste, die im Inland operieren. Es handelt sich um ein kleines Gerät im Format einer Kreditkarte. Und als Kreditkarte ist es auch getarnt. Es verfügt über einen Sensor für Fingerabdrücke, so dass nur der Eigentümer es benutzen kann. Darüber hinaus ist es nichts anderes als eine Art Lichtschalter: Bei Bedarf schaltet es die Empfangs- und Sendefunktionen eines UniCom-Vollimplantats ab oder auch wieder an. Nur wer eine Switchbox besitzen darf, weiß überhaupt, dass es sie gibt.

Die Switchbox war Gegenstand heftiger Kontroversen, als es um die Einführung der Vollimplantate ging. Zunächst diskutierten wir intern, dann schalteten sich die Geheimdienste und die Regierung ein. Wir wussten schon lange, dass es bei der überwältigenden Mehrheit der UniCom-Bürger keinerlei Interesse an einem solchen Schalter gab. Die Komponenten in den Brillen-Modellen der ersten UniCom-Generationen bezogen die für den Betrieb notwendige Energie aus Licht und aus Wärmestrahlung, an der es in unmittelbarer Nähe eines menschlichen Körpers nicht mangelt. Legte man die Brillen zum Schlafen ab, genügte sogar die gewöhnliche Zimmertemperatur, um die Komponenten über Nacht aktiv zu halten. Man musste die Brille schon in einen Kühlschrank legen und mehrere Stunden warten, bis das Gerät sich abschaltete. Setzte man es später wieder auf, dauerte es nur wenige Minuten, bis es wieder online ging. Wurde die Distanz zwischen Implantat und Brille zu groß – weiter als fünfzig Meter reichte die Koppelung nie – blieb das Gerät zwar aktiv, meldete aber seinen Standort und den Zeitpunkt des Kontaktverlustes. Erinnerte man sich eventuell nicht mehr, wo man die Brille abgelegt hatte, wusste es immerhin unser System und übermittelte die Information – beispielsweise dem Partner oder an ein anderes UniCom, das man autorisiert hatte. Sobald man wieder in Kontaktreichweite kam, meldete sich das verlorene Gerät mit einem deutlich vernehmbaren Fiepen.

Was nun die UniCom-Bürger betraf, die das Bedürfnis hatten, gelegentlich offline zu agieren, so konnten sie dies tun, wenn auch nicht unbemerkt – vom Partner etwa und schon gar nicht von uns. Es versteht sich von selbst, dass das nicht jeder schätzte. Und es versteht sich auch, dass man unter denen, die es nicht schätzten, am ehesten Menschen fand, die früher oder später für die Behörden von Interesse waren.

Häufige Kontaktverluste fielen auf und wurden routinemäßig überprüft. In den Autorisierungen für die Benachrichtigungen bei Kontaktverlusten ließen sich sehr leicht Muster erkennen. Wer vertraute wem? Es war ein Kinderspiel für uns, schwarze Schafe ausfindig und dingfest zu machen.

Die Erfolge in der Verbrechensbekämpfung fanden Anerkennung in der Bevölkerung und kamen uns auch noch aus einem anderen Grund entgegen. Mit jeder Meldung über ein Verbrechen, das dank der Corporation aufgeklärt werden konnte, kamen die Anonymen mehr in Verdacht, sich der UniCom-Bürgerschaft nur deswegen zu verweigern, weil sie etwas zu verbergen hatten, das wir unweigerlich aufdecken würden, trügen sie, wie jeder anständige Bürger, ein Implantat.

Jeder Einzelne, so lautete die Botschaft, profitiere letztlich von der neuen Transparenz.

Als wir so weit waren, statt der Brillen Vollimplantate anbieten zu können, mussten wir uns zwar dem Druck der Regierung beugen und bestimmten staatlichen Geheimnisträgern eine Switchbox zur Verfügung stellen. Die Öffentlichkeit jedoch verlangte nicht danach. Die Möglichkeit, die Kommunikationskanäle abzuschalten, wurde nicht vermisst. Wenn auch einige wenige das Fehlen dieser Funktion monierten, nahm doch kaum jemand den Protest zur Kenntnis. Von denen, die überhaupt aufmerkten, kam höchstens ein Schulterzucken. Man war gleichgültig, und zwar aus dem Gefühl heraus, es bei den Beschwerdeführern mit potentiellen Ganoven zu tun haben, die lediglich zeterten, weil sie bereits ihre bloße Bereitschaft zu kriminellen Taten mit dem Ausschluss aus der Gesellschaft bezahlten.

Dass es die Switchbox gab, wie sie funktionierte und wer sie besitzen durfte, blieb geheim. Es gab kein öffentliches Interesse an dieser Information. Es gab lediglich begründete Interessen, sie nicht publik werden zu lassen. Für Agitatoren der Anonymen wie Assange wäre sie ein gefundenes Fressen. Er könnte einmal mehr seine liebste Parallele beschwören, die zu Orwells Televisoren, die lediglich von Mitgliedern der Inneren Partei abgeschaltet werden konnten.

Solche Publicity brauchten wir nicht. Es gibt keine Innere Partei, und niemand hat Interesse an einem Sozialismus Orwellscher Prägung. Es gibt keine Repressionen und kein verbotenes Denken. Wenn wir etwas verbergen, liegt es im Interesse aller. Kein Staat der Welt hat das jemals anders gehalten.

Sollte Matana tatsächlich abtrünnig geworden sein und ausgerechnet Assange eingeweiht haben, wäre dies dramatisch genug. Ganz unglaubwürdig jedoch kommt es mir vor, dass die Corporation einen solchen Verrat auch noch umgehend über die Nachrichten verbreiten sollte, während kein Protokoll, nicht der kleinste Vermerk im System darauf hindeutet, dass die Vertraulichkeitsstufe gesenkt oder gar aufgehoben worden wäre.

Andererseits ... Matana hatte das Wort Switchbox nicht erwähnt. Wenn ich es recht bedenke, konnte niemand, der von der Existenz dieses Schalters nicht bereits wusste, eine Ahnung davon haben, worum es sich bei der Karte, die Matana in die Kamera gehalten hatte, tatsächlich handelte.

Hatte sich in der Corporation womöglich jemand für besonders schlau gehalten? Von einigen wenigen Wissenden abgesehen würde das Publikum die Aufforderung abzuschalten nicht etwa auf die Switchbox und also mein eigenes UniCom beziehen, sondern auf das gesamte Netz, auf alle Implantate und die verschlungenen Datenpfade, die die Corporation zwischen ihnen und dem Hauptquartier geknüpft hat. Für das Gros der Öffentlichkeit kam also nur ein Schluss in Betracht, nämlich dass Matana mit seiner Aufforderung an mich jeden einzelnen UniCom-Bürger bedrohte, nicht weniger also als 70 Prozent der Gesellschaft und damit letztlich das gesamte Land.

Man würde ihn ohne Zweifel für einen Terroristen übelster Sorte halten, nachdem man ihn zuvor mit den orthodoxen Anonymen um Assange in Verbindung gebracht hatte. Und genau das mochte letztlich der Zweck dieser Übertragung gewesen sein.

Ich versuche, die Sendung noch einmal aufzurufen, aber ich kann sie nicht finden. Glaube ich den Programmankündigungen und den Sendeprotokollen, wurde das Interview nie ausgestrahlt.

Ich hangele mich durch die Nachrichtenkanäle, um die eine oder andere Reaktion auf die Meldung über die Flucht Matanas oder Assanges Interview zu finden. Die Communities müssten in Aufruhr sein, wenn einer ihrer Helden, dem sie seit Jahren den Nobelpreis wünschen und den sie wie einen Messias verehren, sich von seiner eigenen Heilsbotschaft distanziert. Sie müssten in Aufruhr sein, wenn einer wie er einen wie mich dazu auffordert abzuschalten.

Aber nein, niemand scheint davon gehört zu haben. Natürlich wäre es möglich, dass die Filter der Corporation schlichtweg wie gedacht funktionieren und keine Meldung zirkulieren lassen, die sich mit Matana oder Assange befasst. Aber was würde es nützen? Die Leute reden auch miteinander, und Nachrichten wie diese lassen sich nicht mehr einfangen, wenn sie einmal in der Welt sind.

Also war es kein Broadcast, denke ich. Was ich für eine Nachrichtensendung gehalten hatte, war tatsächlich eine Botschaft allein an mich, dessen Absender ich lediglich noch nicht kenne. Wer weiß, wann das Interview tatsächlich aufgezeichnet wurde und durch wen?

Da kommt das zweite Detail ins Spiel, das mir aufgefallen ist und das ich nun leider nicht mehr überprüfen kann. In seiner Videobotschaft hatte Matana am Fuß einer Gangway gestanden, und ein anderer Mann war schwerfällig hinter ihm die Treppen zum Flugzeug hinaufgestiegen. Dabei hatte es auf mich so gewirkt, als wäre er in Wirklichkeit mit seltsam verdrehtem Kopf heruntergekommen, und man hätte lediglich die Filmsequenz rückwärts wiedergegeben, um den Eindruck des Aufsteigens zu vermitteln.

Ich bin sicher, es war ein Gehörnter, und der unbeholfen wirkende Gang beim Aufstieg, der wie ein getarnter Abstieg wirkte, mochte dadurch erklärbar sein, dass dieser Mann keine Beine und keine Füße wie ein gewöhnlicher Mensch besaß. Es ist zu dumm, dass ich nicht nachsehen kann. So kann ich nur mutmaßen, aber es leuchtet mir ein. Das war kein Mann gewesen hinter Matana, sondern ein anderes Wesen. Es war tatsächlich die Gangway hinaufgestiegen, jedoch beugten sich seine Knie rückwärts wie die Hinterläufe eines Ziegenbocks. Es lief schwerfällig, weil seine Hufe für die steilen Metallstufen nicht geschaffen sind. Es war Pan gewesen, der in das Flugzeug gestiegen war, während Matana mich aufforderte, mich auszuklinken aus dem Reich der Transparenz, dem Biotop der unbegrenzten Kommunikation.

Wenn ich recht habe mit meiner Vermutung, kenne ich also den Absender der Nachricht. Matana selbst muss sie aufgenommen und an mich geschickt haben. Er weiß, wie er es anstellen muss, ein Replay wie dieses an mich zu übermitteln, als handelte es sich um eine Nachrichtensendung. Und vor allem kennt er Pan, meinen Pan …

Nur Matana weiß, was dieses Wesen für mich bedeutet, und er kann darauf vertrauen, dass ich ihn erkannt habe, selbst in diesem kurzen Spot, selbst wenn ich ihn nur einmal sehen konnte, abgelenkt durch eine ungeheuerliche Botschaft an mich. Er kann darauf vertrauen, weil wir es geübt haben, dieses Wesen auszumachen, wie ich in meiner Kindheit Waldo gesucht hatte auf den großformatigen, knallbunten, mit Figuren und Gegenständen vollgepfropften Seiten der Wimmelbilderbücher. Ich hätte ihn selbst in einer unüberschaubaren Menschenmenge erkannt und umso sicherer also in einem solchen Video, da er als einzige Person – oder sollte ich sagen: Figur? – neben Matana im Bild aufgetaucht war.

Das wusste außer uns beiden ganz gewiss niemand. Die Techniker, die uns geholfen hatten, erfuhren nie, wofür wir die Figur brauchten, die sie auf unseren Wunsch hin aus verschiedenen Szenen des Spielfilms *Pans Labyrinth* von Guillermo del Toro isoliert hatten, so dass wir die Möglichkeit bekamen, sie in Replays zu integrieren, ganz so, wie ich es mit der arkadischen Landschaft getan hatte, in der ich Katelyn und Lian an so vielen Morgen liegen sah, während ich langsam erwachte.

Eine besonders intensive Erfahrung beim Driften hatte mich auf die Idee gebracht. Ich hatte mich völlig in einigen Replays verloren und nicht das geringste Gespür mehr dafür gehabt, dass ich mich nicht mehr in der Wirklichkeit, sondern in der Aufzeichnung einer retouchierten Erinnerung befand. Das hatte mich erschreckt. Für einen Augenblick hatte mich die Furcht überkommen, ich könnte eines Tages womöglich aus einer solchen Drift-Session nicht mehr erwachen.

Ich kannte meine Gier. Ich wusste, dass ich nicht genug bekam und dass es höchstens noch schlimmer werden würde. Auch Katelyn wollte ich schützen. Es ging nicht mehr darum, es nicht zu übertreiben. Das taten wir beinahe täglich. Das vernünftige Maß hatten wir längst verloren.

Aber immerhin konnte ich uns vielleicht noch davor bewahren, dass wir eines Tages in den Replays unserer Exzesse untergingen wie Heroinsüchtige, die sich versehentlich den Goldenen Schuss setzten, indem wir wieder und wieder in Replays drifteten, die uns beiden so viel bedeuteten, dass wir leicht den Kontakt zum Hier und Jetzt verloren.

Ich wünschte mir so etwas wie eine Sicherung, eine Art Wasserzeichen, das nicht störte, aber doch einen Hinweis darauf gab, dass man sich in einem Replay befand, wie schön es auch sein und wie lebensecht es sich auch anfühlen mochte.

Wir integrierten Toros Pan in die Replays als eine Art Anker, der uns vor dem Fortdriften ohne Wiederkehr bewahren sollte. Er schwieg. Eine Sprechrolle war für ihn nicht vorgesehen. Er musste einfach nur da sein. Einmal tauchten seine Hufe auf, dann wieder die langen Finger, die schneckenartigen Furchen auf seiner Stirn oder die armdicken, gewundenen Hörner, die nicht zu übersehen waren, in welchem Bild auch immer sie sich unerwartet zeigten.

Alle unsere Replays kennzeichneten wir so. Selbst in meinem Aufwachthema ist er anwesend, wenn auch kaum sichtbar. Am äußersten Rand des Bildes sehe ich, wenn ich es will, ein Stück seines behaarten Beines, und spätestens wenn mir dies bewusst wird, weiß ich sicher, dass es keinen Zweck hat, meine Hand auszustrecken, um Lians Haar beiseite zu schieben, so dass ich ihre Brüste sehen kann – *zwei Kitze, Zwillinge der Gazelle, die in den Lilien weiden …*

Nein, ich vergesse mich. Ich muss aufmerksam bleiben und vor allem wach. Ich darf jetzt nicht abschweifen in Erinnerungen an Lian, die fort ist, längst nicht mehr bei mir und auch fortbleiben wird.

Ich habe Pan gesehen. Er musste nicht einmal sprechen, um mich wissen zu lassen, wo ich bin und dass alles, was ich nun sehe und höre, längst vergangen ist. Es könnte sogar die Sequenz eines Spielfilms sein oder die retouchierte Montage von Versatzstücken meiner Vergangenheit. Ich kann nicht wissen, was wahr ist, wenn es so etwas wie Wahrheit überhaupt gibt. Ich kann nur, wenn ich will, einen Ausgang suchen. Aber will ich das?

Seit ich wach geworden bin, habe ich nicht den geringsten Versuch unternommen aufzustehen. Ich liege noch immer im Bett. Vielleicht sollte ich meine eigenen Motive hinterfragen, bevor ich für möglich halte, dass Matana tatsächlich geflohen ist?

Ich sollte ehrlich sein. Es gibt Replays, die ich nie mit meinem geheimen, persönlichen Wasserzeichen gekennzeichnet habe, obwohl ich sehr wohl wusste, dass sie mich trügen würden, wenn ich in ihnen driftete, ganz einfach deshalb, weil ich selbst sie bearbeitet hatte.

In einem dieser Replays aus der arkadischen Zeit zu dritt sitze ich mit Matana beim Schach. Es ist das erste Mal seit Monaten, dass wir uns zum Malt und zum Schachspielen treffen, wahrscheinlich weil ich zum ersten Mal seit Monaten allein bin, das heißt: ohne Katelyn und ohne Lian.

Am Morgen dieses Tages war ich nicht durch die beiden geweckt worden, weder durch sie selbst noch durch das Bild von ihnen. Ich war sehr unsanft aus dem Schlaf gerissen worden, um vier Uhr früh, durch einen dringenden Ruf aus dem Hauptquartier.

Katelyns UniCom war nicht mehr zu lokalisieren. Dafür konnte es, da sie keine Switchbox besaß, nur zwei Erklärungen geben. Entweder war sie tot, oder sie hatte das Land verlassen, allerdings weder über einen regulären Flughafen noch per Schiff oder an einem Grenzübergang, an dem sie registriert worden wäre. Beide Varianten waren grauenhaft.

Wir fürchteten, dass Katelyn ermordet worden war, und zwar auf eine Weise, die das Implantat umgehend zerstört hatte. Wäre sie ausgereist, hätte sich ihr Signal in der Nähe der Grenze verlieren müssen. Das aber war nicht der Fall. Als letzten bekannten Aufenthaltsort meldete das System einen Laden in der Stadt. Die Adresse kannte ich. Es war Lians Salon.

Ich ordnete an, Lians Position abzufragen. Auch ihr UniCom, erfuhr ich Minuten später, war nicht mehr online. Ihr Signal hatte sich noch vor dem von Katelyn verloren, und ihre letzte bekannte Position stimmte mit der von Katelyn überein. Ein Team des *Security Departments* war bereits unterwegs zum Salon, gefasst auf das Schlimmste.

Die massive Holztür war verschlossen. Die Vorhänge mit den Lotusblumen waren zugezogen. Man hielt sich nicht mit dem Schloss auf. Es wurden Fotos von der Fensterfront gemacht. Dann zertrümmerten zwei aus dem Team die Scheibe und stiegen ein.

Der Laden war leer. Man fand nichts und niemanden, keinerlei Spuren, die auf ein Verbrechen hindeuteten, schon gar keins, das blutig abgegangen sein musste, da zwei UniComs schlagartig offline gegangen waren. Es schien unmöglich, dass dort jemand in der kurzen verstrichenen Zeit nach einem Gemetzel aufgeräumt haben sollte. Es war ein Mysterium. Meine Frauen mochten noch leben. Das erleichterte mich. Aber sie waren spurlos verschwunden, gemeinsam, und das stürzte mich in Zweifel und Mutmaßungen, Eifersucht und Angst.

Warum, zum Teufel, war Katelyn allein bei Lian gewesen? Das widersprach den Agreements, sowohl dem zwischen Katelyn und mir als auch dem, das wir mit Lian hatten. Sie besuchte uns, nicht wir sie, und keiner von uns traf sich allein mit ihr. So war es ausgemacht. Sollte das nicht mehr gelten? Konnte es sein, dass Katelyn mich verlassen hatte, um mit Lian zu leben? Konnte es sein, dass ich nichts gemerkt, ja nicht einmal etwas geahnt hatte? Was bedeutete das für unsere Liebe? War etwa alles eine Lüge gewesen, eine Scharade, über die sich die Frauen nun amüsierten, wo immer sie auch gerade sein mochten?

Ich wies das *Security Department* an, jedes Bit im System umzudrehen, um einen Anhaltspunkt dafür zu finden, was geschehen und wohin die beiden verschwunden waren. Im Halbstundentakt wurde ich informiert, was man Neues herausgefunden hatte, wobei ich sagen muss: Das ist nicht ganz korrekt formuliert. Eigentlich erfuhr ich nur, was man *nicht* mehr hatte finden können.

Die Aufzeichnungen von Katelyn und Lian waren gelöscht, lediglich die Bewegungsdaten existierten noch. Es war nicht zu erklären, wie es einer von beiden hatte gelingen können, in das System einzubrechen und unbemerkt die Spuren zweier UniCom-Bürger aus mehreren Jahren verschwinden zu lassen, ohne dass es bemerkt worden war. Da sie so weit gekommen waren, konnte es gut sein, dass wir den Bewegungsdaten, die sie nicht gelöscht hatten, nicht trauen konnten. Vielleicht waren sie korrekt, vielleicht aber waren sie auch ebenfalls manipuliert worden. Niemand konnte sagen, wo die Frauen tatsächlich offline gegangen waren. Eines aber wurde immer wahrscheinlicher – dass die beiden sich ausgeklinkt hatten aus dem Uni-Com-Netz, vor oder nach dem Einbruch ins System. Wann und wo und wie sie an Switchboxen gekommen waren, blieb ebenfalls ein Rätsel.

Man schrieb die beiden landesweit zur Fahndung aus und gab ihre Profile an die Botschaften, wo der Geheimdienst alles Weitere übernahm. Die Begründung war eine Anklage auf Spionage. Es würde Monate dauern zu prüfen, ob und was sie an Daten hatten mitgehen lassen.

Ich denke, alle Beteiligten glaubten an diese Version. Ich selbst war mir weniger sicher. Ich hielt es durchaus für möglich, dass es um Liebe ging und dass sie durchgebrannt waren. Wenn sie zuvor noch derartige Anstrengungen unternommen hatten, um mir weder einen Anhaltspunkt für ihren Aufenthaltsort noch irgendetwas zurückzulassen, das ich als Rohopium zum Raffinieren von Heroin in Gestalt von Drift-Replays hätte benutzen können, bewies dies nur ihre Entschlossenheit. Sie wollten mich nicht mehr. Sie wollten ihre aufgezeichneten Erinnerungen an mich nicht mehr. Und sie wollten, dass auch mir nichts von diesen Erinnerungen blieb, die mir nie gehört hatten, sondern lediglich geliehen worden waren. Vor allem aber wollten sie eines nicht: von mir gefunden werden, und das war nur sicher, wenn die Corporation sie nicht mehr fand.

An diesem Abend also sitze ich mit Matana bei etwas zu

großzügig gefüllten Malt-Gläsern, vor uns das Schachbrett. Die Figuren haben wir aufgestellt. Matana hat Weiß. Aber er beginnt nicht. Es hätte allzu wahrscheinlich auch keinen Sinn, weil keiner von uns nach diesem Tag der bösen Überraschungen und ungeklärten Fragen die Konzentration für ein Schachspiel aufbringen mag.

Eine Zeit lang sitzen wir nur da, nippen an unseren Gläsern und schweigen uns an. Dann kommt Matana ins Erzählen.

Er erinnert sich an die Zeit seiner ersten Professur an der Universität von Santiago de Chile. Er sei sehr jung gewesen damals, frisch verheiratet und hatte einen kleinen Sohn. Davon hat er mir noch nie erzählt. Ich bin immer davon ausgegangen, dass er kinderlos sei.

Nein, sagt er, aber ich bin es geworden. Darauf bin ich nicht stolz, so wenig, dass ich es nur ungern erwähne.

Dann erzählt er weiter, aus der Zeit nach dem Putsch Pinochets.

Das hat mich sehr geprägt, weißt du. Es war eine irrwitzige Zeit. Nachts war Ausgangssperre, und man wusste, dass Menschen verschwanden, abgeholt oder an Ort und Stelle erschossen wurden. Aber am Morgen fand man auf der Straße keinen Anhaltspunkt für die Verbrechen der Nacht. Sie hätten ebenso gut nicht geschehen sein können.

Aber das waren sie, sage ich.

Ja, räumt er ein: Das waren sie, und jeder wusste es. Ich rechnete selbst jede Nacht damit, abgeholt zu werden. Ich hatte Freunde in den Staaten gebeten, mir eine Einladung an eine Universität zu verschaffen, so dass ich unter Angabe eines unverdächtigen Grundes mit meiner Familie das Land verlassen könnte. Man bemühte sich, aber es gab kaum Interesse. Ich war damals ein *enfant terrible* im Wissenschaftsbetrieb. Die Kybernetiker bastelten mathematische Modelle unserer Interaktion mit der objektiv realen äußeren Welt, ein System von klar definiertem Input und Output. Ich hingegen redete von Lebewesen als geschlossenen Systemen, deren Wahrnehmung allein durch ihre Struktur determiniert sei. Manche hatten den Eindruck, ich hätte meine Hausaufgaben nicht gemacht. Andere hielten mich schlicht für verrückt. Es gab kaum eine Verwendung für mich an amerikanischen Universitäten, und es dauerte Monate, bis ich doch noch eine Einladung nach New York bekam. Aber ich ging nicht. Ich blieb in Santiago, trotz Pinochet.

Warum? frage ich. Hattest du dich so schnell an die Angst gewöhnt?

Nein, sagt Matana. Ich hatte mich entschlossen zu heucheln. Natürlich wollte ich mein Leben und das meiner Familie schützen. Ich wollte aber auch einen Weg finden, mich auf eine Art zu benehmen und zu bewegen, die mir meine Würde und Selbstachtung erhielt. Dazu gehörte es, meiner Meinung nach, dass ich forschen und lehren konnte. Das ging nur in Chile. Also blieb ich.

Du kommst mir nicht wie ein guter Heuchler vor, sage ich.

Täusche dich nicht, gibt Matana mit einem Unterton des Bedauerns zurück. Wir haben uns auch in Katelyn getäuscht. Vielleicht hilft gerade der Eindruck besonderer Offenheit und Direktheit beim Heucheln. Wenn jemand furchtlos erscheint und sich sogar Blößen gibt, die andere für gefährlich halten würden, nimmt man nicht so leicht an, Zeuge eines Schauspiels zu sein.

Das Thema behagt mir nicht. Über Katelyn kann ich jetzt nicht sprechen, über Lian noch weniger. Matana hat sie auch gekannt und nie erzählt, wie und wo er auf sie gestoßen war. Aber auch danach will ich jetzt nicht fragen. Offenbar glaubt er an den Spionageplot, den ich nun wieder für ein Schauspiel halte, das alle außer mir in die Irre leiten soll.

Ich will wissen, ob er nie in Gefahr war damals.

O doch, das war ich, mindestens zwei Mal, auf sehr unterschiedliche Weise.

Erzähl, fordere ich ihn auf, trinke meinen Whisky aus und schenke mir nach.

Einmal bin ich verhaftet worden, erzählt Matana weiter. In einer Vorlesung hatte ich eine verblüffend echt wirkende Spielzeugpistole aus der Tasche gezogen. Ich fuchtelte damit herum und forderte eine Studentin auf, nach vorn zu kommen. Sie kam nach vorn und fürchtete sich keineswegs, weil sie davon überzeugt war, dass ich nie im Leben auf sie schießen würde. Also ging das Spiel weiter. Leg dich auf den Boden, sagte ich. Auch das tat sie. Zieh dich aus, sagte ich.

Und?

Nein, erwiderte die Studentin, obwohl ich mit der Waffe auf sie zielte. Nein, das mache ich nicht.

Sehen Sie, sagte ich zu den Studenten, ich bin bewaffnet und habe Ihre Kommilitonin bedroht. Ich hatte Macht über sie. Bis eben, bis sie Nein gesagt hat.

Das nennst du heucheln? lache ich.

Nun ja, meint Matana, ich habe niemandem gesagt, was zu tun sei. Ich habe lediglich versucht, sie zu anderen Möglichkeiten des Nachdenkens und der Wahrnehmung anzuregen. Das widersprach keiner Anordnung der Junta. Es war ja nicht verboten zu denken, solange man nicht offen die Diktatur kritisierte oder kommunistische Ansichten vertrat.

Du meinst also, jemand oder etwas erhält allein dadurch Macht, dass sich jemand anderes ihm unterwirft?

Ja, sagt Matana, das meine ich allerdings. Man muss sich fragen, ob man die Welt will, die sich vor einem auftut, wenn man jemandem Macht zugesteht. Die Macht ist in Wirklichkeit ohnmächtig. Sie schwindet, sobald die Unterwerfung verweigert wird. Das durfte man feststellen, ohne gegen die Anordnungen der Junta zu verstoßen. Verhaftet wurde ich dennoch.

Und? frage ich: Hast du dich unterworfen?

Als die Soldaten kamen und mich aufforderten, die Hände zu heben und mich an die Wand zu stellen, habe ich die Hände gehoben und mich an die Wand gestellt. Ich wurde ins Gefängnis gebracht und saß einige Stunden in einer kargen Zelle. Dann wurde ich abgeholt und zum Verhör gebracht.

Das hört sich schon nach Unterwerfung an, wende ich ein.

Nein, erwidert Matana bestimmt: Ich habe geheuchelt. Zu heucheln bedeutet, dass man ein Gefühl vortäuscht, das man nicht hat. Der Bewusstseinszustand ist entscheidend. Man bleibt ein Beobachter, der eine gewisse innere Distanz wahrt und eines Tages wieder anders agiert. Es kann sehr dumm sein, sich nicht für eine gewisse Zeit zu unterwerfen, nicht ein wenig abzuwarten, bis sich eine günstige Gelegenheit zur Gegenwehr ergibt. Als man begann, mich zu verhören, ergab sich diese Gelegenheit schon nach der ersten Frage.

Was wurdest du gefragt?

Etwas ganz Einfaches, sagt Matana. Drei Leute saßen vor mir, und der in der Mitte fragte, ohne mich anzusehen: Sind Sie Professor Juan Matana?

Das ist nicht ungewöhnlich.

Nein, ist es nicht. Aber als ich es hörte, wusste ich, dass ich die Frage nicht zu beantworten brauchte. Selbst an diesem Ort nannte mich der Vernehmer Professor. Das war wie ein Schutzschild. Ich sagte mir, egal was passiert, ich werde immer ein Professor bleiben. Das genügte. Ich antwortete nicht, sondern stellte eine Gegenfrage. Inwiefern, fragte ich, habe ich gegen die Grundsatzerklärung der Militärregierung verstoßen? Ich eröffnete gewissermaßen die Vernehmung. Das hätte schiefgehen können, aber ich gebärdete mich weiter wie ein Professor und versuchte, die Vorwürfe, die man mir machte, argumentativ zu entkräften. Ich hielt ihnen sogar einen evolutionstheoretischen Vortrag und erklärte ihnen, warum sie den Kommunismus niemals vernichten würden, indem sie Kommunisten verfolgten, ganz abgesehen davon, dass ich nie einer war. Man müsste, erklärte ich, die Bedingungen ändern, die den Kommunismus erst hervorbringen. Die drei Männer hörten mir mit wachsendem Erstaunen zu. Dann brachten sie mich zurück in die Universität.

Du hattest Glück, sage ich.

Mag sein, gibt Matana zu. Ich war aber fest davon überzeugt, dass ich nur deswegen unversehrt nach Hause kam, weil ich nicht bereit gewesen war, mich zu unterwerfen. Ich gebe dir ein anderes Beispiel. Das war fast sieben Jahre später. So lange hatte ich weiter geforscht und unterrichtet. Es kam mir darauf an, die Studenten dazu anzuhalten, verantwortlich zu handeln, zu verstehen, dass ihnen nicht irgendeine Welt zustieß, sondern die Welt in genau der Weise, die sie selbst zuließen.

Aber es gibt Zwänge, wende ich ein: Du tust gerade so, als könnten wir immer und jederzeit handeln, wie wir wollen.

Das tun wir, behauptet Matana. Es ist mir ernst damit, setzt er hinzu. Wir tun immer das, was wir wollen, auch wenn wir behaupten, eigentlich gegen unseren Willen gehandelt und zu etwas gezwungen worden zu sein. Dann wünschen wir uns die Folgen, die sich aus unserem Handeln ergeben, auch wenn wir im Moment nicht mögen, was wir tun.

Spann mich nicht auf die Folter, unterbreche ich ihn, wahrscheinlich weil mir die Vorstellung überhaupt nicht gefällt, ich hätte die Folgen meines Handelns gemocht, als ich … Nein, ich will nicht einmal annehmen, dass die Tatsache, dass Katelyn und Lian verschwunden sind, eine wie auch immer gewünschte Folge meines Handelns sein könnte.

Was wolltest du erzählen? frage ich also. Was geschah sieben Jahre später?

Matana protestiert nicht. Vielleicht, denke ich, will er ja auch auf etwas anderes hinaus.

Also gut, erzählt er weiter: Es muss 1984 gewesen sein.

Ich bekam einen hochoffiziellen Brief mit dem Siegel des Präsidenten. Es war eine Einladung in den Regierungspalast, und zwar zu einem Mittagessen mit Pinochet. Ich war unsicher, wie ich mich verhalten sollte, und erzählte meinen Kollegen davon. Wie sich herausstellte, waren auch einige von ihnen eingeladen worden und ebenso ratlos wie ich selbst. Wir diskutierten und diskutierten. Die einen warnten uns, auf keinen Fall hinzugehen. Andere meinten, wir dürften nicht absagen. Meine Mutter flehte mich an, ich solle bedenken, dass ich Familie hätte. Schließlich kamen wir unter den Kollegen, die eingeladen worden waren, überein, die Einladung anzunehmen.

Im Regierungspalast wurden wir in einen Bankettsaal geführt. An die 85 Professoren waren zusammengekommen. Dann erschien Pinochet und begrüßte jeden Einzelnen von uns. Er kam in Begleitung eines Offiziers, der ihm, bevor er einem der Professoren die Hand gab, dessen Namen zuflüsterte. Als ich an der Reihe war, dachte ich an meinen Sohn, der zu mir gesagt hatte, er würde Pinochet niemals die Hand geben. Und da stand ich ihm nun gegenüber, und ich gab ihm die Hand.

Schließlich eröffnete Pinochet das Essen mit einem Toast auf das Vaterland und mit der überraschenden Feststellung: Meine Damen und Herren, Sie können beruhigt sein. Dieses Treffen hat allein den Zweck, dass wir uns kennenlernen. Es wird keine wie auch immer gearteten Forderungen geben.

Dann durften wir uns setzen. Auch Pinochet setzte sich. In diesem Moment ergriff ich mein Glas und sagte: Meine Damen und Herren, auch ich möchte mit Ihnen auf unser

Vaterland anstoßen. Mit einem Mal war es totenstill im Saal. Pinochet beugte sich ein wenig vor und schaute mich an.

Wir sind hier heute zusammengekommen, um in der Gesellschaft unseres Präsidenten gemeinsam zu essen. Das ist unter jeder Regierung ein seltenes Ereignis. Lassen Sie uns also gemeinsam mit unserem Präsidenten auf unser Vaterland anstoßen und darauf, dass wir alle, die wir heute hier sind, zur intellektuellen Freiheit und kulturellen Autonomie Chiles beitragen.

Ich trank meinen Wein. Pinochet lehnte sich wieder zurück und klatsche vier Mal in die Hände. Alle im Raum klatschten vier Mal. Dann setzten die Gespräche wieder ein.

Das heißt, er hat gar nicht begriffen, was du gesagt hast?

Warte es ab, sagt Matana, die Geschichte ist noch nicht zu Ende. Aber ich versichere dir, wer es in irgendeiner Armee dieser Welt bis zum General bringt, mag fanatisch sein, engstirnig und ideologisch, aber er ist gewiss nicht dumm.

Als wir den Nachtisch gegessen hatten, fährt Matana fort, wurden wir in einen anderen Saal geführt. Pinochet stand mit zwei Generälen ein wenig abseits. Ich wurde zu ihm gerufen, und noch einmal schüttelte ich ihm die Hand.

Ich teile Ihre guten Wünsche für dieses Land, sagte er.

*A dios rogando*, antwortete ich, *y con el mazo dando.* Das ist ein spanisches Sprichwort und bedeutet so viel wie: Wer für etwas zu Gott betet, muss auch entsprechend handeln. Das war wirklich eine irrwitzige Situation. Ich stand Pinochet gegenüber, und er behauptete allen Ernstes, er würde meine Sehnsucht nach intellektueller Freiheit und kultureller Autonomie teilen. Dabei zielte seine gesamte Politik auf das genaue Gegenteil.

Und du glaubst wirklich, er hat dich verstanden?

Aber sicher doch. Er hat mich sehr gut verstanden. Entscheidend war, dass ich ihn nicht wie einen Vorgesetzten, sondern wie einen ebenbürtigen Chilenen behandelte. Damit konnte er wieder zu uns gehören.

Eine schöne Geschichte. Aber worauf, frage ich Matana, willst du eigentlich hinaus?

Auf nichts, antwortet er prompt. Aber das ist natürlich gelogen. Ich habe noch nie erlebt, dass er so weit ausgeholt hätte, ohne mir etwas Bestimmtes mitteilen zu wollen.

Das sind Anekdoten, gibt Matana zu, und vielleicht musst du sie *cum grano salis* nehmen. Das alles ist schon ziemlich lange her, und heute redet es sich leicht davon. Immerhin sind es Anekdoten aus einer finsteren Zeit. Ich habe auf jeden Fall Erfahrungen mit Diktatur und mit zumindest einem Diktator.

Ich nicht, sage ich.

O doch, erwidert er, das hast du. Du siehst es nur nicht.

Hör auf! Ich winke ab. Du wirst doch nicht etwa zu einem Parteigänger der Anonymen werden. Seit wann hältst du es mit den Parolen von Assange?

Wer sagt, dass ich das tue? Ich halte ihn für gefährlich. Er ist fanatisch, engstirnig und ideologisch, und er ist alles andere als dumm. Er könnte General sein oder einer werden. Solche Leute darf man nie unterschätzen.

Er hält *uns* für Generäle oder vielmehr für Mitglieder der Inneren Partei und die Corporation für eine Junta, die das Land im tyrannischen Griff hält. Nennst du so etwas alles andere als dumm?

Er mag die Akteure und ihre Intentionen missverstehen,

aber in einem Punkt hat er zweifellos recht: Ein System, das Beschwerden und Klage nicht zulässt, ja prinzipiell ausschließt, ist eine Tyrannei. Die Bevölkerung dieses Landes hat sich unterworfen. Es spielt keine Rolle, ob einem Herrscher oder einer Technologie. Es spielt auch keine Rolle, ob es freiwillig geschehen ist. Durch Unterwerfung wird Macht erzeugt und verliehen. Und wenn das System, dem Macht verliehen wird, von seiner Anlage her ein tyrannisches ist …

Du meinst also, unterbreche ich ihn, dass wir notwendig und unaufhaltsam in eine Diktatur schlittern?

Wenn wir sie nicht schon haben. Ja, sagt Matana, das meine ich. Erinnere dich an den Wattschen Dampfregler. Wenn du ein System allein über positive Rückkoppelung steuern willst, schaukelt es sich auf bis zur Katastrophe.

Du meinst, der Corporation fehlt ein Ventil?

Seit wann denkst du so kurz? fragt Matana unwirsch. Ich meine, Kommunikation darf nicht kostenlos sein, und ich meine, du solltest gelegentlich mal deine Switchbox benutzen.

Aus welchem Grund? frage ich.

Um eventuell festzustellen, dass wir mit den Transparenzgesetzen und der Entscheidung, der Öffentlichkeit die Switchbox vorzuenthalten, auf dem falschen Weg sind.

Das meinst du nicht ernst, sage ich.

O doch, versichert Matana: Das meine ich ernst.

Er hebt sein Glas, trinkt es in einem Zug leer und lehnt sich zurück. Er sieht mich an aus riesigen glasigblauen Augen unter merkwürdig geringelten Stirnfalten, wackelt mit dem Kopf und schwenkt seine gewaltigen Widderhörner.

Dann beugt er sich vor, kreist mit langen Fingern über dem Schachbrett und zieht *e2-e4*.

Ich war mir sicher, dieses Replay nicht markiert zu haben. Wenn es jemand ohne mein Wissen getan haben sollte, kann es nur Matana gewesen sein. Aber wann? frage ich mich, und warum?

Hatte ihm etwas an diesem Gespräch im Nachhinein missfallen? Das kann gut sein. Immerhin könnten ihn die Aussagen, die er gemacht hatte, überführen. Würde ich das Replay dem *Security Department* übergeben, bliebe kaum Spielraum für Zweifel daran, dass Matana schon länger mit der Idee sympathisiert hatte, die Existenz der Switchbox publik und sie allen Bürgern zugänglich zu machen. Zusammen mit seiner Videobotschaft und seiner Flucht außer Landes ergäbe sich eine wasserdichte Argumentation für Anklage und Verurteilung, Ächtung und Tilgung aus den Annalen der Corporation.

Aber das Replay ist markiert. Es könnte sich alles so ereignet haben, vielleicht aber auch nicht. Zwar taucht Toros Pan nur ganz am Ende auf, und ich könnte ihn leicht aus dem Beweisstück eliminieren. Das würde allerdings nichts daran ändern, dass ich selbst weiß, dass er da gewesen war.

Es ist Mittag. Wenn das Licht so steil vom Himmel fällt, die Schatten am kürzesten sind und sich kein Fuß in die Sonnenglut wagt, ist die Stunde des Pan-Schlafs gekommen. Auch ich würde gern schlafen oder mich ablenken lassen, von Musik vielleicht, aber schon Theokrit warnte vor dem Syrinxspiel am Mittag.

*Schäfer, das dürfen wir nicht. Wir dürfen nicht mittags die*

*Syrinx blasen. Da fürchten wir Pan. Das ist ja die Stunde, in der er sich, müde vom Jagen, zur Ruhe legt. Choleriker ist er, und die bittere Galle bläht stets ihm die Nüstern.*

Der Mittag ist die Geisterstunde Arkadiens, wenn der Schäfer seine Herde zurücktreibt und wartet, bis das Licht wieder barmherzig wird. Das ist sie, die höchste phallische Stunde, nicht die Nacht. Sollte ich jetzt etwa schlafen oder mich ablenken lassen vom Syrinxspiel, einem weiteren Replay vielleicht aus meiner Sammlung trügerischer Wahrheiten?

Ich angele nach meinem Jackett, bekomme es zu fassen, ziehe die Brieftasche aus der Innentasche und suche nach meiner Switchbox. Die vermeintliche Kreditkarte sieht aus wie neu. Ich habe sie noch nie benutzt. Soll ich jetzt damit anfangen?

Matana scheint ja zu glauben, das sei das falsche Wort. Schalten Sie ab, Rosen, hatte er mir zugerufen, schalten Sie ab! Also geht es wohl eher darum, mit etwas aufzuhören, abzuschalten, technisch und im übertragenen Sinne, indem ich offline gehe und mich auf mein eigenes Empfinden verlasse.

Ist das nun die Stunde der Wahrheit, des panischen Schreckens? Wenn sich nichts mehr verdecken lässt durch eigene und fremde Empfindungen, die nicht zu diesem Augenblick gehören, sondern in die Vergangenheit oder gar in einen phantastischen Raum, den ich mir selbst geschaffen habe? Muss ich mich, wenn ich die Switchbox benutze, mit den Folgen meines Handelns konfrontieren, die ich, wenn ich Matana glaube, doch gewollt haben muss?

Ich drücke meinen Daumen auf das Sensorfeld der

Karte. Wenig später glimmt ein grünes Licht zwischen den Augen des Corporation-Logos auf, das prominent im rechten oberen Eck der Karte prangt.

Noch sieht man mich, denke ich, aber gleich bin ich fort. Dann leuchtet ein roter Schriftzug vor meinen Augen auf: *Communication system offline!*

Was mir als Erstes auffällt, ist die Stille. Durch die Glaswand schaue ich hinaus auf das Meer. Ich sehe zwei Schnellboote der Küstenwache, die, versetzt hintereinander fahrend, tiefe Schneisen in die Oberfläche schneiden. Ich sehe sie. Hören kann ich sie nicht. Natürlich nicht, denke ich. Aber was heißt das schon, natürlich? Ich werde mich jetzt zurücklehnen und mich mit wachen Sinnen der Geisterstunde überlassen.

Was habe ich zu verlieren? Wenig oder gar nichts. Ich habe schon einmal eine solche Mittagsstunde erlebt. Damals hatte ich viel zu verlieren und wusste es lediglich nicht. Oder ich wusste es und nahm keine Rücksicht darauf.

Ich war zu Lian gefahren, zu ihrem Salon und auf gut Glück. Sie erwartete mich nicht. Es hätte gut sein können, dass ich sie gar nicht antraf oder dass sie gerade damit beschäftigt war, einem Kunden die Verspannungen aus dem Körper zu kneten und zu treten.

Vorm Geschäft mit den Lotusblumen im Fenster parkte Lians rotes Cabrio. Ich klingelte. Der Vorhang am Sehschlitz der Tür wurde ein Stück aufgezogen. Dann öffnete sie mir und ließ mich herein.

Treten Sie ein, sagte sie und verneigte sich, anstatt mich zu umarmen wie sonst, wenn sie uns besuchte und wir uns begrüßten. Tatsächlich wirkte sie so unnahbar und fremd wie bei unserem ersten Treffen an diesem Ort, das Jahre zurücklag und in einer ganz und gar anderen Zeit. Die Indikatoren an ihren Schläfen bewiesen es: Nichts war mehr, wie es einmal gewesen war, wenn auch die eigenwillige Einrichtung des Ladens, an der sich nichts verändert hatte, und das blaue Kleid mit dem goldenen Drachen, das Lian trug, mir das hätten weismachen können.

Wir setzten uns, und ich betrachtete versonnen den goldenen Drachen, der sich an ihren kleinen, schmalen Körper klammerte, wie Katelyn es so oft tat, getrieben von einem unstillbaren Hunger nach Zärtlichkeit und gleichzeitig von brennender Begierde.

Manchmal hatte ich den Eindruck gehabt, Katelyn wünschte sich so sehr, mit dieser Frau zu verschmelzen, mit ihr zu einem einzigen, gemeinsamen Körper, einem untrennbar verbundenen Wesen zu werden, dass sie nach Wegen suchte, sie sich geradezu einzuverleiben. Manche Umarmung wirkte beängstigend fest, so dass ich fürchete, sie würde Lian die Rippen brechen. Dann wieder leckte sie sie wie manisch und küsste ihren Schoß so ausdauernd und wild, als hoffte sie, mit dem glasigen, warmen Saft die Essenz der Lebendigkeit aus ihr heraussaugen zu können. Wenn Katelyn vor ihr kniete und ihr Gesicht zwischen den mädchenhaften Brüsten vergrub, wusste man nicht, ob sie vor Glück weinte oder im nächsten Moment nicht doch vielleicht, von unbezähmbarer Gier angestachelt, zubeißen würde.

Wenn ich den beiden zusah, beneidete ich sie um ihre Körper und ihr versunkenes Spiel, in dem sie jede Pore der

Haut der anderen mit Aufmerksamkeit und Hingabe zu beschenken schienen. Wenn sie sich liebten, war es nie nur Geilheit, die ab einem bestimmten Punkt nur noch nach Erlösung giert und den anderen vergisst. Ich glaubte wirklich, sie hätten mitunter auch nur einfach nebeneinander liegen und sich in die Augen sehen können und wären allein davon gekommen, gegenseitig mit Blicken die Intensität des Gefühls früherer Berührungen heraufzubeschwören. Das hatte etwas Beängstigendes für mich. Ich hätte mitspielen dürfen und wäre doch ausgeschlossen geblieben aus dieser Sphäre, die sie um sich schaffen konnten, einem Raum gegenseitigen wortlosen Verstehens und einer Verbundenheit im gleichen Empfinden, den ich nie würde betreten können, selbst wenn sie die Tür für mich sperrangelweit offen ließen.

Ich war eifersüchtig. Es stimmt. Zunächst hatte ich kein Problem darin gesehen, Katelyn zu teilen. Allein dieses Wort schien mir einen unguten Beigeschmack zu haben. Schließlich gehörte sie mir ebenso wenig, wie ich ihr gehörte, und man kann nur teilen, was man besitzt. In solchen Kategorien hatten wir nie gedacht. Jedenfalls meinten wir das. Aber man musste nur einmal die Bedingungen unseres Agreements unter die Lupe nehmen, um auf kurzem Weg bei der Vermutung zu landen, dass wir uns etwas vorgemacht hatten, wenn wir glaubten, das Wort Besitz spiele zwischen uns beiden keine Rolle.

Unsere Vereinbarung sah vor, dass sich keiner von uns allein mit Lian traf und nur Katelyn und ich gemeinsam driften dürften. Katelyn hatte den ersten Teil zu diesem Agreement beigesteuert, ich den zweiten. Damit hatten wir beide eingeräumt, dass wir zumindest einen Teil des anderen besitzen, exklusiv für uns haben wollten. Nahm man es genau, sollte ich Lian nie für mich haben dürfen. Sie war für *uns* gedacht, auch wenn Katelyn mich, während sie mit Lian schlief, deutlich spüren ließ, dass sie sie am liebsten aufgefressen hätte, nicht nur, um mit ihr eins zu sein, sondern vielleicht auch, um sie unwiderruflich und ganz für sich allein haben zu können, sobald sie die Chance dazu bekam, indem ich daneben saß und mich zurückzog in die Beobachterrolle.

Ich meinerseits hatte das Driften für Katelyn und mich reservieren wollen. Aber ich stellte sehr bald fest, dass die Verbundenheit, die ich uns damit exklusiv sichern wollte, für Katelyn nicht vom Driften abhing. Man hätte blind und dumm gleichzeitig sein müssen, um nicht zu bemerken, dass die Frauen kein UniCom brauchten, um zu erleben, was ich überhaupt erst dank des UniCom kennengelernt hatte. Es mag nicht einfach nur daran gelegen haben, dass sie Frauen waren. Sehr wahrscheinlich waren sie in dieser Beziehung ganz einfach füreinander geschaffen. Wie auch immer man es erklären will, fest steht, dass sie das, was ich ihnen nicht hatte zugestehen wollen, dennoch hatten, ohne gegen unser Agreement verstoßen zu müssen.

Daher rührte mein Neid. Und Eifersucht gedeiht gut auf einem Humus von Neid. Ich war übervorteilt worden. So sah ich es. Ich sollte mit Lian driften dürften, sagte ich mir. Und ich sollte sie allein treffen dürfen, wann immer wir beide es so wollten.

Beklagt habe ich mich nicht. Mir war sehr wohl bewusst, dass beide Fragen an das Thema Besitz geknüpft waren. Katelyn hätte meine Beobachtungen leugnen können

– was du dir einbildest, Schatz – und sich Besitzansprüche verbitten.

Ich habe geschwiegen wie Toros Pan in meinen Replays, als wäre eine Sprechrolle nicht für mich vorgesehen. Und dann machte ich mich eines Tages auf den Weg zu Lian, klingelte, wurde eingelassen und fand alles so, wie ich es Jahre zuvor, als wir uns noch nicht kannten, vorgefunden hatte.

Vielleicht, dachte ich, neckt sie mich, indem sie so förmlich mit mir redet und sich sogar verbeugt. Dann saßen wir auf den Ledersesseln im hinteren Teil ihres Salons, ich betrachtete den goldenen Drachen auf ihrem Kleid und wusste, dass ich nur aus einem Grund gekommen war. Ich wollte diesen Drachen vertreiben und an seiner Stelle ihren Körper umfangen. Ja, ich wusste es, genau so war es gemeint. Ich wollte ihren Körper besitzen. Ohne Zeugen, ohne Einschränkungen wollte ich ihn für mich allein.

Wo liegt das Problem? fragte Lian.

Das kann ich nicht sagen, log ich: Um ehrlich zu sein, weiß ich nicht einmal, warum ich hier bin.

Dann werden wir es herausfinden, sagte sie: Seien Sie unbesorgt. Ich hob wie ratlos die Hände und folgte ihrem Winken in das Behandlungszimmer, an das ich mich noch gut erinnern konnte.

Kommen Sie, sagte Lian: Machen Sie es sich bequem. Ich bringe das Fußbad.

Dann verschwand sie hinter dem klickernden Perlenvorhang, und ich schaute mich in dem Zimmer um in der Erwartung, auch hier alles so zu finden wie beim letzten Mal, als ich hier gewesen war.

Da war die Massageliege, das Tischchen am Kopfende mit den Handtüchern und Massageölflaschen. Die Öllichter standen auf dem Bord, und die Messingstange führte noch immer von Wand zu Wand über die Liege. Auch der Paravent, der Stuhl und der Stumme Diener waren noch da. Ich zog Schuhe und Socken aus, legte Jackett und Hose ab, setzte mich und wartete, dass Lian mit dem Kupferbecken hereinkommen würde, um mir die Füße zu waschen.

Lautlos kam sie, stellte das Becken vor mir ab und sagte: Bitte.

Ich stellte meine Füße in das lauwarme Wasser und genoss kurz darauf die Berührung ihrer Hände an meinen Füßen, das Ziehen, Reiben und Kneten. Nicht nur, als sie sanft meine Knöchel massierte, selbst als sie das Handtuch um meine Füße wickelte, um sie abzutrocknen, kam es mir vor wie eine so intime Zärtlichkeit, wie sie es bis dahin zwischen uns noch nie gegeben hatte.

Jetzt, dachte ich, würde sie das Becken beiseite stellen und sagen, dass ich mich ausziehen müsse.

Sie müssen schon ganz ablegen, sagte Lian, sonst können wir nicht anfangen.

Bereitwillig zog ich mich aus. Ich wendete mich ab, weil ich spürte, dass mir das Blut in den Schwanz schoss. Ich wollte nicht, dass sie zu früh sah, wie sehr ich sie wollte. Also hielt ich ihn nach oben und verdeckte ihn, so gut es ging, während ich zur Liege tappte, mich hinlegte und eilig auf den Bauch drehte. Lian deckte mich mit einem Badelaken zu, das mir vom Nacken bis zu den Waden reichte. Dann ließ ich mich fallen in die Wonnen der Massage, die ich schon einmal hier genossen hatte. Ich überließ mich der

Wohltat ihrer streichenden und knetenden Hände. Sogar dem Schmerz der in meine Schenkel und Schultern stechenden Knie und Ellbogen überließ ich mich bereitwillig, vielleicht, weil ich vorbereitet war und er mich nicht wie beim ersten Mal ganz unerwartet übermannte, vielleicht aber auch, weil ich wusste, dass sie wie zur Wiedergutmachung gleich mit ihren Füßen auf meinen Rücken steigen würde.

Natürlich, dachte ich, würde der geheimnisvolle Schatten des Gehörnten auftauchen, aber wie der Schmerz käme auch er nicht mehr unerwartet. Ich würde ihn begrüßen wie einen lieben Freund, statt mich zu fürchten, zu schreien und Lian von mir abzuschütteln, weil ich sie für einen Dybbuk hielt, der es auf mich abgesehen hatte.

Dieses Mal würde es anders sein, wusste ich. Es war Mittag, die phallische Geisterstunde Arkadiens. Ich hatte es auf Lian abgesehen und würde die Stunde nutzen, mir meine Nymphe zu rauben, wenn es mir auch verboten war, mich mit ihr zu vereinigen und sie roh zu begatten, wie der Bock eine Ziege bespringt.

Lian stieg von mir herunter, blieb neben der Liege stehen und legte ihre Hand auf mein Kreuzbein. Die Gier übermannte mich. Ich drehte mich auf den Rücken. Ein glasiger Faden zog sich von der Spitze meines Schwanzes zu einem nassen Fleck am Bauch. Mein Schwanz, in dem es so heftig pumpte, dass es schmerzte und die Adern hervortraten, stand in die Höhe und reckte sich Lian entgegen. Aber sie beugte sich nicht, wie ich erhofft hatte herunter, um ihn zu küssen. Sie schloss auch nicht ihre Hände darum.

Mein Herr, sagte sie und schaute mich zu meiner Überraschung verständnislos an: Dieser Service ist im Preis nicht inbegriffen.

Dann wendete sie sich zum Gehen.

Ich konnte es nicht glauben. Wie damals, als mich der Schatten Pans in Schrecken versetzt hatte, sprang ich von der Liege. Aber ich kauerte mich nicht etwa hinter den Paravent. Pan steckte in mir. Es war mein Pan. Ich war selbst Pan geworden, und dies war meine Stunde. Mit einem Satz war ich bei Lian. Ich umfing sie, umfasste ihre Handgelenke und hielt sie hinter ihrem Rücken fest, während ich ihren Hals küsste.

Lian wehrte sich nicht. Es fühlte sich an, als hätte ich einen leblosen Körper im Arm, warm noch, aber ohne jede Spannung. Aber das war kein Ergeben, ganz und gar nicht.

Nein, sagte sie, leise, aber sehr entschieden: Nein, das machen wir nicht.

Ich hatte alles getan mit dieser Frau. Kein Quäntchen ihres Körper hatte sie mir vorenthalten, solange Katelyn uns dabei zusah. Aber jetzt sagte sie Nein, ganz unmissverständlich.

Nein, das machen wir nicht.

Ich wusste sofort, dass gerade etwas Schreckliches geschah, etwas Unwiderrufliches, das ich bereuen würde, ohne es jemals ungeschehen, geschweige denn wieder gutmachen zu können. Ich war dabei, Lian zu verlieren. Wahrscheinlich war es sogar schon geschehen. Und nicht nur Lian entglitt mir gerade aus meinem Leben. Auch Katelyn, ahnte ich, würde ich verlieren.

Es war nicht sicher, dass Lian mich verraten würde.

Konnte man es überhaupt so ausdrücken? Schließlich war ich es, der den Verrat begangen hatte, und zwar an beiden Frauen. Lian würde nichts sagen müssen. Vielleicht sah Katelyn mir mein Vergehen nicht sofort an, wenn ich am Abend zu ihr kam. Bei unserem nächsten Treffen zu dritt aber würde sie sicher spüren, dass etwas nicht stimmte, und wenn der Moment kommen würde, da Katelyn ihre Freundin umarmte, um sie zu küssen und auszuziehen, wenn sie mich heranwinken würde, um mir auch meinen Teil an diesem geliebten Ritual des langsamen Entkleidens zu gönnen, spätestens dann würde sie merken, dass Lian meinen Berührungen auswich, weil sie ihr keine Lust mehr bereiteten, sondern unangenehm geworden waren oder gar gleichgültig.

Es gab keine Fortsetzung mehr für unser Leben zu dritt. Da ich mir sicher war, dass Katelyn womöglich noch über die Enttäuschung des Verrats hinwegkommen, aber nie und nimmer auf Lian würde verzichten wollen, gab es keinen anderen Schluss, als dass es zu Ende war. Pan hatte ausgespielt. Eher würde auch Katelyn sich noch in eine Nymphe verwandeln, die er nicht mehr erreichen konnte, als dass sie ihr Mädchen gehen ließ.

Da war ich, ganz untypisch für mich, ein einziges Mal hellsichtig.

Ganz gleich, wie viele Erklärungen für Lians Verschwinden ich nun auch bemühe, wie viele Geschichten ich ausspinne, aus Replay-Versatzstücken zusammensetze und mir wieder und wieder vorspielen lasse – es ist nicht nur Lian, die spurlos verschwunden ist. Auch Katelyn ist fort. Sie haben mich beide verlassen, weil ich etwas tun zu müssen glaubte, dessen Folgen ich hatte erahnen können und daher, Matana zufolge, wohl gewollt haben muss.

Eine knochige Hand legt sich tröstend auf meinen Arm. Wenn ich zur Seite blicke, werde ich feststellen, dass es niemand anders ist als Toros Pan, der neben meinem Bett steht und versucht, mich zu trösten. Er dürfte nicht hier sein, ich weiß. Ich bin offline. Ich habe die Switchbox benutzt und mich ausgeklinkt. Keine Replays mehr, keine Lügen. Ich sollte wach sein und Herr meiner Sinne.

Das sollte ich. Aber es überrascht mich nicht, meinen Freund hier zu sehen. Matana hat es gewusst: Die Switchbox hat nie funktioniert wie behauptet. Ihre einzige Funktion besteht darin, den Besitzer und ein eventuelles Gegenüber glauben zu lassen, dass man offline sei, indem der Schriftzug eingeblendet wird und das pulsierende blaue Licht der Indikatoren an den Schläfen erlischt, als hätte man aufgehört zu atmen.

Alles Weitere geschieht im Hauptquartier …

Wir haben uns für Transparenz entschieden und diesen Entschluss in Gesetze verpackt, die für alle gelten, ob sie es nun schätzen oder nicht und ob sie es wissen oder nicht. Alle, das schließt auch Minister ein, warum nicht gerade sie?

Worüber sollte ich mich beschweren? Ich liege im Bett, von den Wänden meines phantastischen gläsernen Palastes umgeben, die mich vielleicht einsperren, aber auch einen atemberaubenden Ausblick bieten: auf der einen Seite der Ozean, auf der anderen ein paradiesischer Garten. Ich kann mich zurücklehnen, dösen und mich erzählen lassen oder mich selbst erzählen in immer neuen Varianten.

Mich bekümmert nur, dass ich mich im Kreis bewege und ein und dieselbe Geschichte in immer wieder neuen, geringfügigen Abwandlungen durchleben muss, die allesamt damit enden, dass ich allein bin, von meinen Frauen verlassen. Wenn mir das System nicht ab und an einen Brosamen aus den Entertainmentkanälen überlässt, werde ich nichts Neues mehr erleben und auf ewig im Kreis meiner Erinnerungen treiben.

Eigentlich bin ich längst tot und vegetiere nur noch in einem Zwischenreich vor mich hin. So wird es von nun an bleiben. Ich werde Katelyn haben, Matana, Lian, meinen Freund Pan – und meine Vergehen. Sie werden nicht altern und bleiben, wer und was sie sind. Und wieder und wieder werden mich alle verlassen. Tag für Tag. Nacht für Nacht. Daran ist nichts zu ändern, und niemand kann mir sagen, wann und ob es jemals enden wird.

Ich könnte einen Ausgang suchen. Ich kann nicht glauben, dass dieses Gefängnis keine Türen hat, durch die ich mich hinausschleichen könnte. Nach ihnen zu suchen, wäre doch eine Tat, wie Matana sie sich von seinen chilenischen Studenten wünschte. Ich könnte heucheln und unterdessen suchen und auf eine passende Gelegenheit warten, dem allen hier doch noch zu entkommen.

Mit Pan sollte ich reden, denke ich. Er hat in einem Labyrinth gewohnt, bevor ich ihn mir für meine Replays geliehen habe. Er muss sich auskennen mit Irrgärten und der Suche nach Ausgängen aus einem Gefängnis wie diesem.

Er streichelt noch immer tröstend meinen Arm.

Zeig mir den Ausgang, sage ich. Aber er schweigt. Zeig mir den Ausgang, wiederhole ich lauter, und schließlich packe ich ihn an den Armen und schreie es ihm ins Gesicht. Aber er schweigt wie ein sturer Bock.

Statt mir zu antworten, greift er nach der Switchbox und nach meiner Hand. Dann drückt er meinen Daumen auf das Sensorfeld und lächelt milde.

Ich hätte es wissen müssen. Die Corporation lässt niemanden treiben ohne einen Freund an seiner Seite. Mein Freund ist Pan, mein mythischer Retter. Er hat mich verstanden. Er wird mich hier herausholen, aus dem Sheol erretten und wieder nach Arkadien führen.

Alles, weiß ich, wird gut werden. Es dauert nicht mehr lang. Dankbar sinke ich in seine Arme und halte ihn fest. Dann erscheint vor meinen Augen der grüne Schriftzug meiner Erlösung: *Communication system online!*

Ich fürchte mich vor Erscheinungen, die ich nicht selbst erfunden habe. Und nun dieser Huf ... Am Fußende lugt er im Dunkel unter der Bettdecke hervor. Das ist mir nicht geheuer. Ohne hinzusehen, decke ich ihn zu, lasse meinen Kopf zurück ins Kissen sinken und schließe die Augen wie ein Kind, das denkt, was es nicht sieht, ist nicht da. Das beruhigt mich. Dabei müsste ich wissen, dass es ein böses Omen ist.

Die andere Seite des Bettes ist zerwühlt, aber leer. Katelyn war hier, denke ich, vielleicht sogar Lian. Ich nehme an, sie duschen oder frühstücken schon.

Wie spät ist es eigentlich? Vor mir liegt ein anstrengender Tag. Die chinesische Delegation wird erwartet. Am Nachmittag beginnen die Verhandlungen.

Zu gern würde ich noch ein wenig dösen. Aber da steht Katelyn in der Tür. Sie ist bereits angezogen und flüstert.

Bist du wach, Ed? fragt sie. Du musst raus.

Es ist höchste Zeit aufzustehen.

*Tel Aviv / München / Esquinzo*
*Januar – Juli 2011*

*Für Inspiration, Mitwirkung, seelischen Beistand und freundliche Unterstützung danke ich herzlich Susan Bindermann, Florence, Dr. Marius Fränzel, Prof. Dr. Jakob Hessing, Prof. Dr. Martin Hielscher, Katelyn, Kerstin S. Klein, Lian, Prof. Dr. Juan Matana, Dagmar Mathis, Prof. Dr. Humberto R. Maturana, James Morrison, Pan, Patricia, Patrizia, Peggy, Poly, Ed Rosen, Ye Schmidt, Guillermo del Toro, Dr. Marius Ueffing und Prof. Dr. Hans Walter sowie den Autoren und Regisseuren, deren Werke in Ed Rosens Replays Spuren hinterlassen haben.*

*Das vierte Kapitel enthält Zitate und Paraphrasierungen aus einem Gespräch zwischen Humberto R. Maturana und Bernhard Pörksen, herausgegeben in dem Band «Vom Sein zum Tun – Die Ursprünge der Biologie des Erkennens», erschienen 2002 im Verlag Carl Auer.*

Spitzentitel bei C.H.Beck

*David Foenkinos*

*Natalie küsst. Roman.*
*2011. 239 Seiten. Klappenbroschur.*

Nathalie und François sind ein Paar wie aus dem Märchenbuch, mit Feingefühl und Geschmack. Doch eines Tages kommt François nicht vom Joggen zurück, eine Blumenhändlerin überfährt ihn. Die schöne Nathalie muss fortan allein durchs Leben gehen, sich der Neugier der Kollegen und der Avancen ihres Chefs Charles in der schwedischen Firma, in der sie als leitende Angestellte arbeitsbesessen über der Akte 114 brütet, erwehren. Als der unscheinbare Quotenschwede Markus ihr Büro betritt, packt sie ihn unvermittelt und küsst ihn. Markus, konsterniert, geht aufs Ganze, eine Liebesgeschichte beginnt, wie sie purer, zärtlicher und empfindsamer nicht sein kann. Während in der Firma die Gerüchteküche brodelt und Charles zu brutalen Maßnahmen greift, begeben sich Nathalie und Markus auf die Flucht in den Garten der Großmutter, zurück zu den Ursprüngen von Kindheit und der gemeinsamen Lieblingssüßigkeit PEZ – und lassen sich von der Liebe überraschen.

*David Foenkinos,* 1974 geboren, Schriftsteller und Drehbuchautor, studierte Literaturwissenschaften an der Sorbonne und Jazz am CIM. «Nathalie küsst» ist sein achter Roman, der ihn in Frankreich zu einem sensationellen Erfolg führte. Seine Bücher sind weltweit in mehr als 15 Sprachen übersetzt. Bei C.H.Beck erschienen außerdem seine Romane «Das erotische Potential meiner Frau» (2005, Prix Roger Nimier), «Größter anzunehmender Glücksfall» (2006) und «Unsere schönste Trennung» (2010). «Nathalie küsst» wurde soeben von Foenkinos' Bruder Stéphane gemeinsam mit David Foenkinos und mit Audrey Tautou in der Rolle der Natalie verfilmt.

*Christian Kolb,* 1970 geboren, studierte französische Literatur und Filmwissenschaft in Berlin und Paris. Neben Foenkinos' Vorgängerromanen «Größter anzunehmender Glücksfall» (C.H.Beck 2006) und «Unsere schönste Trennung» (C.H.Beck 2010) übersetzte er von Nicolas Fargues «Die Rolle meines Lebens». Er lebt in Berlin.

«Ein wahres Wunderwerk! Wie gewieft, wie zärtlich ... Dieses große kleine Buch macht Lust zu lieben, geliebt zu werden, sich in die Liebe zu stürzen und alles zu geben!»
Anna Gavalda

«Es gibt Bücher, bei denen man noch Tage später stille Freude spürt. Dieses ist so eines.»
Christine Westermann, WDR

*Schweizer Buchpreis 2011 für*

*Catalin Dorian Florescu*

*Jacob beschließt zu lieben. Roman.*
*2011. 405 Seiten. Gebunden.*

In seinem neuen großen Roman erzählt Catalin Dorian Florescu die abenteuerliche Lebensgeschichte des Jacob Obertin aus dem schwäbischen Dorf Triebswetter im rumänischen Banat. Es ist eine Geschichte von Liebe und Freundschaft, Flucht und Verrat und darüber, wie die Fähigkeit eines Menschen zu lieben ihn über alles hinwegretten kann. Jacobs Geschichte – zeitlich zwischen dem Ende der 20er- und Anfang der 50er-Jahre angesiedelt – weitet sich zu einem Familienepos, in dem temporeich und in dichten, fantastischen Bildern das Schicksal der Obertins über 300 Jahre hinweg erzählt wird, beginnend mit dem 30jährigen Krieg in Lothringen.
Ende des 18. Jahrhunderts hatten sich Jacobs Vorfahren, wie viele tausend andere aus Lothringen ein besseres Leben suchend, auf den gefährlichen Weg ins Banat gemacht, um ihr Glück zu finden und eigenes Land zu besitzen. Jacob wird mit dem Kampf um Macht und Besitz konfrontiert, wird vom eigenen Vater verraten und verliert seine erste Liebe. Doch immer wieder gibt es Menschen, die ihm helfen, die Wechselfälle der Geschichte – Diktaturen und Deportationen – mit ihren grotesken und katastrophalen Folgen zu überleben und einen neuen Aufbruch zu wagen.
In diesem zärtlichen und spannenden Buch bekommen wir auch ein atemberaubendes Konzentrat europäischer Geschichte geboten. Das Bild einer Welt, die nicht zur Ruhe gekommen ist.

*Catalin Dorian Florescu,* geboren 1967 in Timişoara in Rumänien. 1976 erste Ausreise mit dem Vater nach Italien und Amerika. Rückkehr nach Rumänien, 1982 endgültige Emigration. Studium der Psychologie. Florescu lebt als freier Schriftsteller und Suchttherapeut in Zürich.
Er erhielt für seine Romane «Wunderzeit» (2001), «Der kurze Weg nach Hause» (2002), «Der blinde Masseur» (2006) und «Zaira» (C.H. Beck 2008) u. a. das Hermann-Lenz-Stipendium, den Adelbert-von-Chamisso-Förderpreis und den Anna Seghers Preis. «Wunderzeit» war Buch des Jahres 2001 der Schweizerischen Schillerstiftung. Im Zusammenhang mit dem neuen Roman «Jacob beschließt zu lieben» wurde der Autor bereits zum Stadtschreiber von Erfurt und Stadtschreiber von Baden-Baden ernannt und erhielt ein Heinrich Heine-Stipendium. «Jacob beschließt zu lieben» wurde außerdem mit dem Schweizer Buchpreis 2011 ausgezeichnet.

«Florescu hat einen großartigen Roman über ein brutales Jahrhundert und ein hoffnungsloses Leben geschrieben, der dennoch nie in die Hoffnungslosigkeit absinkt. Es ist ein wirkliches Buch der Liebe geworden. Alle Achtung.»
Elke Heidenreich, Frankfurter Allgemeine Zeitung

*Nie war es herrlicher zu leben.*
*Das geheime Tagebuch des Herzogs von Croÿ.*

*Übersetzt und herausgegeben von Hans Pleschinski.*
*2011. 428 Seiten. Gebunden.*

Herzog Emanuel von Croÿ (1718–1784) stammte aus einer altadligen Familie französisch-deutschen Ursprungs, war Landbesitzer, ranghoher Militär, Beobachter und Chronist seiner Zeit und interessierte sich insbesondere für Literatur, Architektur sowie das Theater. Er war nicht nur ein produktiver Autor von Essays und Pamphleten, sondern auch ein besessener Tagebuchschreiber, von dem tausende Seiten seines Journals seit 1740 überliefert sind.
Hans Pleschinski hat das Journal zum ersten Mal in einer Auswahl für das deutsche Publikum übersetzt und herausgegeben: Eine farbige und anschauliche, streckenweise einzigartige Fundgrube, was das politische und gesellschaftliche, private und höfische Leben im 18. Jahrhundert in Frankreich und in Deutschland bis zur Französischen Revolution anbelangt. Begegnungen mit Voltaire und Benjamin Franklin, den Brüdern Montgolfier, Porträts von Madame de Pompadour bis zu Marie Antoinette, die Hinrichtung eines Attentäters und das Sterben Ludwigs XV. – ein unschätzbares und präzises Dokument einer untergegangenen Welt.

*Hans Pleschinski,* geboren 1956, Literatur- und Theaterwissenschaftler, lebt als freier Autor in München. Er veröffentlichte zahlreiche Romane, etwa «Brabant» (1995), «Bildnis eines Unsichtbaren» (2002), «Leichtes Licht» (C.H.Beck 2005) und «Ludwigshöhe» (C.H.Beck 2008), eine Auswahl aus dem Briefwechsel zwischen Voltaire und Friedrich dem Großen, und gab die Briefe der Madame de Pompadour sowie Erzählungen von E.T.A. Hoffmann heraus. Bei C.H.Beck erschienen außerdem 1993 «Ostsucht. Eine Jugend im deutsch-deutschen Grenzland» und 2007 «Verbot der Nüchternheit. Kleines Brevier für ein besseres Leben». Zuletzt erhielt Hans Pleschinski, der zweimal mit dem Tukan-Preis der Stadt München ausgezeichnet wurde, den Hannelore-Greve- Literaturpreis (2008) und den Nicolas-Born-Preis (2008).

«Dem Herausgeber Hans Pleschinski sei Dank. Er hat uns einen wunderbaren Schatz geborgen.»
Tilman Krause, Die Welt

«Das ist eines der schönsten historischen Bücher dieses Jahres.»
Stephan Speicher, Süddeutsche Zeitung